妳在月夜裡閃耀光輝

キミハツキヨニヒカリカガヤク

+散篇
Fragments

佐野徹夜

輕文學
Light Literature

目 錄

若 能 與 妳 ……

I f　 y o u　 c a n …

夏天，我們在沙漠裡。

「喉嚨好渴啊。」

搜尋之後，發現附近有自動販賣機。

我買了水回來一起喝。

「接下來該去哪裡呢？」

我向她問道。

「我們現在是在鳥取沙丘對吧？接下來去京都如何？」

她用事不關己的態度說道。

「先讓我喘口氣吧。」

今年夏天十分炎熱。

氣溫三十八度，就算熱死人也不奇怪。

環繞日本一圈——這是她要求的。

說是這樣說，但我還去爬了富士山和阿蘇山，連北海道都去了。

雖然靠打工存下一筆錢，但資金也不算是多麼充裕。
我搭了帳篷過夜。
「你越來越擅長露宿了呢。」
她看似佩服地說道。
「真羨慕妳不會被蚊子叮。」
大考已經不遠。高三暑假真的可以做這種事嗎？我有點擔心。
「考上大學以後，你想做什麼？」
「讀書吧？」
她露出不敢置信的表情。
「不然我該做什麼？」
「把妹如何？」
我拿出筆記本看看。
她在這本「死前心願清單」裡寫了很多東西。
如此一來，這一項也完成了。
・環繞日本旅行。

「這樣就全部做完了。」

我有一種無所適從的感覺。

「忘了我吧。」

「我哪裡忘得了。」

隔天早上，我又看看筆記本。

無論看多少次，還沒做的事已經連一件也不剩。

全都做完了。

想到這點，就有一種莫名的失落感。

其實我很想在她還活著的時候全部做完。

騎著腳踏車一陣子，我看見了熟悉的街景，經過高中校門，趕去約定的地點。

我增加了檔速，站著踩踏板爬上山坡。

爬到坡頂，看見香山已經到了。

「辛苦了。」

香山帶著一個我沒見過的女孩。

「高三夏天一個人騎腳踏車環繞日本一周……你是這種人嗎？」

「少囉嗦。」

今後要做什麼呢？

我在死前想做的事是什麼呢？

來做些我真正想做的事吧。

直到我哪天死去之前的生活

My ending note

早上醒來，我用置身事外的心情想著：「我還活著啊。」

蒼白的光芒冷冽地照在病房的床上。

雖說早起的鳥兒有蟲吃，但是對我這種病人來說，早起或許只有壞處。

哪裡都不能去。

沒事可以做。

看看時鐘，現在剛過早上六點。在七點起床時間之前，我只能在昏暗的病房裡感受著早晨的到來。房間這麼暗，連書都不能看。

在這種時候，在什麼都沒有的「當下」，能做的事也只有反芻自己的回憶。

不過我就算回憶往事，想到的也全是晦暗的事。

我是從國中一年級開始住院。

第一次感到不舒服是在早晨。當時我頭痛欲裂，但還是勉強去上學，結果在月台上昏倒了。

起初我和家人都以為是心因性疾病。
不久之後，我就發現自己的病症沒有那麼簡單。
我去了幾次醫院，最後終於聽到病名。
發光病。
聽說那是一種不可能痊癒的罕見疾病。
因為不知道病因，所以無法治療。
病患會越來越沒有力氣，甚至虛弱到沒辦法走路。
最後心臟跳不動，人就死了。
此外，發光病患者的特徵是皮膚會出現異狀。聽說夜晚照到月光時，身體會散發出淡淡光輝。初期散發的光芒，微弱到無法用肉眼看見，不過隨著病情加重，光輝也會慢慢增強。
其實要檢驗是否罹患發光病很簡單，只要在暗室裡照射特殊波長的光、拍下照片，再分析照片上的影像就能判定。我也是用這種方法檢驗出來的。
我就要死了。
已經不記得自己剛聽到這個消息時有什麼感覺，說不定什麼感覺都沒有吧。

爸爸不露感情地低著頭，媽媽像跳針一樣不斷問「有什麼辦法嗎」，而我只能回答「沒事的」，因為我不知道還能說些什麼。

拜託你們別這麼凝重啦。

反正也無能為力。

「我沒事的。」

我說這話，就像是在安慰自己。

自從我住院後，基本上是一直待在醫院。

在醫院裡不至於無事可做，但也沒什麼特別的事。

只能一直躺在床上，偶爾去做做檢查，講話的對象只有護士、醫生和媽媽。

在我住院後，爸爸和媽媽離婚了，之後爸爸再也沒來看過我。

一旦成了「將死之人」，就不再是普通人。被歸入這個範圍後，講話時聽起來的感覺似乎也變了。我是在開始住院不久時發現這件事。

剛住院時，有一些同學來病房看我。聽著他們聊起誰和誰在一起、學校活動、遠足……這些平凡無奇的事時，我隨口說一句：

「我也好想去遠足啊。」

病房內的氣氛頓時變得很沉重。

「對不起，我不該提起這件事……」

那位同學表情扭曲，一臉愧疚地道歉，彷彿犯下什麼天大的錯。我愕然不已，好一陣子不知道該說些什麼。

我不是普通人。

既然不普通，就要過不普通的生活。

仔細想想，每個人活在世上都會被期待扮演某種角色。譬如說，我變成病人之前扮演的角色是學生，所以我必須適時地讀書、適時地玩耍。因為每個人都好好地扮演自己的角色，這個世界才能正常運轉。若是演不好自己的角色，或是因為負荷太重而產生排斥，便會脫離角色。想要脫離角色也是需要力量的，但病人通常沒有這麼大的力量。我也沒有這種力量。

我的新角色就是病人。

而且是罹患不治之症、不久於人世的病人。

我今後的人生只能扮演這個角色。

但這說不定是最輕鬆的生活方式。

扮演這個角色不需要任何技巧，比扮演總理大臣簡單多了——我看著床邊的電視上一面擦汗一面拚命解釋的政治家，這麼想著。

無聊的住院生活，每天哪裡都不能去，理所當然地受人照顧。活在這種狀態下，我漸漸開始期待最後一刻的來臨。

真希望這種日子早點結束。

真希望快點死去。

所以，當我聽到醫生說「病情嚴重惡化，隨時都有可能死亡」的時候，並沒有受到太大的打擊。

生命已經到了盡頭。

所以我很乾脆地準備面對死亡。

也做好辭世的心理準備。

夜晚，我一個人躺在床上，默默整理自己的思緒。

這件事做起來並不難。

只是覺得自己的人生一點意義都沒有。

僅是給別人添麻煩。

我的人生沒有為人帶來喜悅，只給人帶來悲傷。沒有達到任何成就，也沒有帶給別人什麼好處，一點生產力都沒有。

到底在搞什麼啊？

但就算我這麼想，也沒辦法再做些什麼。

每天晚上睡覺時，我都在接受死亡。

我把睡著想像成死亡，這是我接受自己化為無的方法。

有可能在睡著的時候死去。或許這是最棒的死法。

這種念頭伴隨著我度過了無數夜晚。

後來我卻沒有死。得知自己隨時會死的消息後，我還是好好地活了一年。醫生說

「這是奇蹟」，真是廢話。我心想，別這麼隨隨便便地把「奇蹟」掛在嘴邊啊。

聽到自己很快就會死，卻又活了一年，這種日子真是令人坐立難安。我都已經做好死亡的心理準備，卻遲遲死不了。因為我已經準備好要死了，所以什麼事都不打算

做，只是懷著苦行僧的心情過日子，無止境地等待。

再這樣下去，我可能會變得不正常。

於是我不再想任何事，放棄思考。雖然人類算是一種動物，我卻想活得像植物。

就是在這個時候，我遇見了同班的岡田卓也。

那是四月剛開始的某一天。

當時我正在看書。

看書是我在住院後的少數娛樂之一，是我進入另一個世界的管道。不過，自從得知自己活不久之後，我就不再看新書了。因為如果我來不及看完整本長篇小說便死去，似乎有點可憐。由於太過在意後續，無法專注在「自己快死了」這件事上頭。一想到自己可能會看到難看的小說，我就更加擔心。

所以，我最近都在重看以前看過的書。正在看書時，突然感覺有人接近，踩在油氈地板上的腳步聲和護士擦身而過。我想可能是有人來看我了，抬起頭來。

腳步聲的來源是一個男生，他穿著我們學校的制服。

四目相交。

我還沒想到他是誰，就先想到別件事。

每年的這個時期都會有人來找我。新學期開始時，會有個同學拿著課本之類的東西一臉尷尬地出現。平時偶爾會有學校老師來看我，但是在四月的這個時期，就會有從未見過的同學來到病房。

這大概是校方的體貼吧。

同學的來訪是為了向我傳達「我們沒有忘記妳喔」、「妳也是班上的一分子喔」。

「妳是渡良瀨同學嗎？」

那個男生對我問道。

他的名字是岡田卓也。

一開始只是平淡的自我介紹，但是聊著聊著就變得比較自然。我發現自己和這個初次見面的同學相當談得來。是因為我很少和醫院外面的人說話嗎？總覺得理由不只是這樣。

他對我的態度就像對待一個普通人，不會顧慮東、顧慮西的。

「卓也，最近還能再看到你嗎？」

我不自覺地對他問了這句話。

卓也垂下眼簾，像是在思考，然後回答：「過一陣子吧。」

我猜他不會再來了。

所以隔天看到他出現在病房時，讓我有些意外。

「咦？卓也，是你啊。」

他在這裡做什麼？我好奇地叫了他。他轉過頭來，一臉尷尬。我覺得奇怪，低頭一看，發現地上都是玻璃碎片。

那是以前爸爸送給我的雪花球的碎片。玻璃球裡面有一間小木屋，還有像雪花般一粒一粒、叫做亮片粉的東西，搖晃一下看起來就像在下雪，玻璃球裡變成一片雪白的世界。但是，收納著這個小世界的玻璃球已經碎裂，散落了一地，變成一堆死物。

他到底在做什麼？真是太過分了。

我心裡明白，他一定不是故意弄壞的，所以不想對打破雪花球的他發脾氣。

那時我應該受到了打擊吧。後來我和卓也說了些什麼，現在已經想不起細節。我對他那副不知所措的模樣還有印象，但記憶裡只記得這件事。

更讓我意外的是自己心底萌生的情緒。

我覺得心裡突然一輕。

看到自己重要的東西被弄壞了，我卻覺得輕鬆許多。

為什麼呢？我晚上獨自躺在床上思考。

有一個念頭在心中逐漸擴大。

讓人留在世間的是執著。

仔細想想，從出生到死亡就是得到又失去的過程。無論是誰，遲早有一天都會失去一切。

一旦失去執著的對象，就沒什麼好怕的了。我不用再擔心會失去什麼。

不過，我心中的恐懼並沒有因此全部消失。讓人留在世間的並不只有具體、有形的東西。

為什麼年輕夭折會讓人覺得難過呢？

死於老年和死於年輕時有什麼不同呢？

我想，這應該和可能性有關吧。

如果再活久一點，說不定會發生什麼事、說不定會碰到什麼事。就是因為這種「說不定」，才讓人捨不得離開人世。

我這麼年輕就要死了，光是捨棄擁有的物品還不足以消除執著。

要怎麼做才能捨棄可能性呢？

最好的方法或許是體驗過那些事吧。

這麼一來，我或許就能毫無遺憾地死去。

我想到了一個方法。

白天，我拜託媽媽去醫院裡的商店買了筆記本。那是普通至極、像是給高中生上課抄筆記用的劃線B5筆記本。

我把死前想做的事情寫下來。

・我想去遊樂園。

・我想玩高空彈跳。

雖說是自己寫下的東西，我卻忍不住想著：「只有這些無聊事嗎？」但是不管再怎麼苦思，還是沒辦法具體表現出心底的渴望。我真正想要的到底是什麼？又有多少人能夠清楚知道自己想做的事呢？

・我想見爸爸。

爸爸和媽媽離婚後，我再也沒有見過爸爸。但寫下這句話之後，我才意識到一件事。

我無論如何都不可能實踐這些死前想做的事情。

因為我根本沒辦法走出病房。

為什麼我沒有發現這個事實呢？

寫下來也沒用。

一想到這裡，我就停筆了。不過，對這種事情太認真也沒用，於是我換了個想法。能不能實踐不重要，重要的是搞清楚自己心底的渴望、對活著的執著。我要把自己的心情一條一條地寫出來，然後一一除掉。所以，我又繼續提筆。

「可以讓我幫忙嗎？」

當我正在進行這項工作時，卓也又來到我的病房。

我冷冷地想著，這個人還真閒。

纏著一個將死之人到底有什麼好處？

他沒有太多表情，不太容易看穿。我完全搞不懂他在想什麼。

如果他對我有興趣，理由是什麼？
我在心中建立起自己的假設。
他一定是對快死的人有興趣吧。
這樣不是也挺好的嗎？我並不會因此感到不愉快。
「我想賠罪。我摔壞了妳的雪花球，這是無法挽回的遺憾。光是向妳道歉還是不夠，那樣太隨便了。我也說不上來……總之什麼都好，只要是我能幫的事，儘管告訴我吧。」
聽到他這句話，我想到一個主意。
我要讓卓也代替我去實踐這些死前想做的事情。
這種猶如被吊在半空中、不上不下的生活，如同等待死刑通知的死刑犯生活，我已經受夠了。
為了減少對死亡的恐懼，我想要捨棄那些可能性。
人活在世上不只是受到過去束縛，也受到可能性束縛。
如果可以捨棄所有可能性，我一定能平靜地面對死亡。
所以我向卓也提出請求。

我請他幫我去做這些死前想做的事。

＊＊＊

渡良瀨真水是一位罹患「發光病」這種不治之症的女孩。

她列出「死前心願」清單，而我接受了她的請求，負責幫她實踐這些心願。

我要代替不能離開病房的真水，一條一條地達成清單上的事項，再把我碰到的事和體驗的感想告訴她。這就是我最近的生活。

她那些「死前心願」不只有正經嚴肅的事，也包含不少愚蠢的事。譬如「想要見到和母親離婚後的父親」這一項就很嚴肅，負擔很沉重；相較之下，「想玩高空彈跳」這種無聊的心願做起來還比較輕鬆。我一方面這麼想，一方面又覺得這些心願很沒有道理。

自從四月認識真水之後，已經過了好幾個月。

到了暑假，我的空閒時間增加，真水拜託我實踐的「死前心願」也隨之增加。

我有些緊張地走進事先預約的美容院。這不是我常去的我家附近的美容院。

等一下要做的事有點丟臉，若是出什麼差錯，我恐怕再也不敢走進這間店。

・我想在美容院指著雜誌封面說：「請幫我剪成這樣。」

真無聊。她真的希望在死前做到這件事嗎？我不禁懷疑，她或許只是存心整我。

因為這個理由，我去了從未去過的美容院，可是店裡的氣氛和我平時去的美容院完全不一樣。

沒有仔細調查過就在網路上預約，或許是我的失策。

第一，這間美容院很大，光是剪頭髮的地方就有十個座位，店員的人數也多到超乎想像。總共有多少人呢？只是一眼望去還不能確定，但看起來大約將近十人。平時我去的那間個人經營的美容院，店員頂多只有三人，實在差太多了。

再來，這裡太時髦了。裝潢感覺十分講究。而且不只是裝潢，連在這裡工作的店員也是每一位都年輕又時髦。店裡的客人多半是年輕女性，整體感覺非常俐落。

其實這也沒什麼，有些店就是這樣……可是，我選這間店來進行挑戰真的好嗎？我不禁對自己的選擇有些後悔。

店員帶我到鏡子前的理髮椅，請我稍待片刻，然後為我送來雜誌。我隨手翻看，一張張光鮮亮麗的模特兒照片映入眼簾。

「您好，請問您今天想剪怎樣的髮型？」

我吃驚地舉目望去，從鏡子裡看到一位頂著茶色捲髮的美髮師。我比較起我們兩人的穿著打扮，有一種莫名的相似感。我穿的是附口袋的素面T恤，但他穿的不是我身上這種便宜貨，像是經過特別的剪裁。或許T恤穿在時髦的人身上就會像是有特別的剪裁吧？我不知怎地失去自信，覺得很自卑。

——我突然想起有事要做，改天再來吧。

我很想這麼說，但還是阻止了自己，勇敢地說道：

「請幫我剪成這樣。」

我沒有仔細看，指著店員拿來的雜誌封面上的男人說道。還好模特兒的頭髮也是黑的，而且這髮型不算太誇張。

「啊，好的，我知道了。」

美髮師感覺一副很想笑的樣子，是我多心了嗎？

……就當作是我多心吧。

沖過水後，美髮師似乎打算和我閒聊，我為了避免繼續自掘墳墓，就胡扯了一些

「我最近對冥想很著迷，現在要開始冥想了」，藉此停止對話。我閉上眼睛，任由他修剪我的頭髮，一點都不想睜開眼睛。

「剪完了。」

還不到一個小時就聽到這句話。我戰戰兢兢地睜開眼睛。

「……看起來挺普通的嘛。」

我有點錯愕，忍不住比對一下模特兒的照片和自己的髮型。要說像，確實是有點像。雖然不能說截然不同……但總覺得不太一樣。我也沒辦法清楚指出是哪裡不同，只覺得自己的髮型看起來沒有那種味道。連一絲絲時尚的味道都沒有。

「如果和原來的髮型差別太大，感覺會很那個。」

「那個」是什麼意思？雖然我這麼想，卻沒有力氣提問。剪完頭髮後，美髮師還幫我抹上我平時不會用的髮蠟，但是看起來也沒有比較好。扣掉初次在網路預約的折扣之後，總共是四千五百圓，我付了錢，離開美容院。

我一如往常地走進病房，真水正在筆記本上寫字。我還記得，那本就是她用來寫「死前心願」的筆記本。

「妳又想到了新點子嗎？」

我有點厭煩地向她問道。

「歡迎光臨，卓也。」

真水朝我瞥了一眼，又把注意力拉回筆記本上，似乎寫得正投入。

「妳什麼都沒發現嗎？」

我輕輕摸著頭髮，又對她說道。真不習慣髮蠟，摸起來黏黏的。

「嗯……？」

真水勉強拿出社交禮貌，不太情願地抬起頭來，仔細凝視著我。

「妳看不出來我哪裡和平時不一樣嗎？」

「怎麼猜啊……啊，難道你的血型變了？」

「血型怎麼可能改變。」

她似乎完全沒有發覺我換了髮型。

「只要移植骨髓，血型就會改變喔。」

「我才不想知道這種小知識……」

我不耐煩地回答後，真水突然爬下病床。她沒理會我的驚訝，踮起腳尖、伸長脖子看著我。

「幹嘛啦？」

她靠得太近了。或許是為了掩飾害羞，我的語氣比自己想像得更尖銳。

「卓也，你長高了嗎？」

我渾身虛脫，差點跪倒在地。本來想問她：「妳連自己要求的事都忘了嗎？」結果還是沒有說出口。如果要我自己來解釋，感覺會更可悲。

「一定是長高了。你還在成長期呢。」

真水邊說，邊用手比出我們的身高差距。

「你遲早會長到我的手追不上的高度。」

她彎起中間三根手指，用拇指和小指比出一段距離。

「我死了以後，你或許還會繼續長高。」

她邊說，邊如蝴蝶般翻動著手掌。

「到時你想要做什麼呢？」

「……如果長到那麼高，我就去打籃球。」

我嘴上這樣說，心裡卻默默想著我又不渴望長得多高。

＊＊＊

他總有一天會去到我無法觸及的地方。

我們不可能永遠在一起。

我自認很清楚這一點。

既然清楚，為什麼還要和卓也繼續往來呢？連我自己也不明白。

我覺得一定得找個機會和他斷絕關係，這樣才對。不能老是拖拖拉拉地維持現在的情況。

因為我不是普通的高中生。

我很快就要死了。

不可以和卓也保持這種關係到最後。

或許我應該找個機會跟他鬧翻，讓彼此都不想再見到對方，這樣才是最好的。

真的嗎？心中的另一個我如此問道。

高中開始放暑假了，但我的生活並沒有太大變化。這是理所當然的。雖然我還有高中學籍，但因為生病，每天都過得像休假日，每天都過著一成不變的生活。

可是卓也幾乎每天都來到病房。隨著見面次數增加，卓也為我實踐的「死前心願」越來越多，我們之間的關係也開始產生細微變化，至少對彼此已經不再像剛認識的時候那樣小心翼翼。現在我們相處起來更輕鬆，但我也不知道該怎麼形容我們之間的關係。

雖然是我主動要求卓也做這些事，但沒想到他真的答應了我每一個任性的要求。仔細想想，叫卓也代替我去做死前想做的事實在很不講理，卓也什麼好處都得不到，真虧他願意去做這麼多麻煩事。這個人也太好了吧，簡直就像聖人君子。

我有時確實會這樣想，但很快就發現事實並非如此。卓也看起來不像是人道主義者。如果我死了，他一定不會是第一個哭的人，不如說他或許根本不會哭。

我並不是說卓也冷漠。他乍看是個普通的高中生，但這種「普通」又彷彿被移除了，真是個不可思議的人。

跟這種人在一起反而令我覺得比較輕鬆，或許我也不太正常吧。

卓也用一副理所當然的態度問我：「接下來要做什麼？」

——希望你不要再來找我了。

如果我這麼說，不知道他會有怎樣的表情？

但我說不出這句話。

「接下來嗎……」

我像平時一樣翻著筆記本。盡量挑無聊一點的吧。最好是不會太沉重、不會太嚴肅，比較愚蠢的要求。我希望他覺得我是在開玩笑，而不是認真的。

我想要磨光他的耐性，讓他對我感到厭煩，不想再跟我扯上關係。

「那就這個吧。我想要唱ＫＴＶ唱到嗓子啞掉，因為我沒辦法這樣子歌頌青春。卓也，你代替我去拚命唱ＫＴＶ吧，然後把結果告訴我。」

我還以為卓也聽到這些話會抗議，但他什麼都沒說，只是回答「我知道了」。

他到底在想什麼？他到底是怎麼看待我的？

我開始有一點好奇了。

卓也有女朋友嗎？如果有，她會是怎樣的人呢？

對了，卓也放暑假之後開始在女僕咖啡廳打工。雖然追根究柢，其實是我想去女僕咖啡廳打工。那也是我死前想做的事情之一。

我記得卓也和一位年紀比他大的女性前輩處得不錯，他之前還給我看過照片。

他們在一起了嗎？到底是什麼情況？

一想到這裡，我就覺得心裡刺刺的。但我不打算深入探究那種刺刺的感覺是怎麼一回事。

夜晚，月亮升上天空，我因為睡不著，就爬下床站在窗邊。我邊注意不要吵醒同房的病人，邊悄悄地打開窗戶。微風吹了進來，輕撫著我的頭髮。我把上半身探出窗外，眺望外面的世界。

接下來該做什麼呢？

不，我該讓卓也做什麼呢？

死前想做的事情一項一項浮現。真奇怪，我明明是為了捨棄自己對人世的執著和期待才開始做這種事，如今卻帶來反效果。

不知怎地，我最近開始覺得快樂。

如果可以和卓也再多相處一些時間就好了。

我發現自己對生命的執著逐漸增加，不禁感到訝異。

這樣真的好嗎？

我漸漸覺得活著是一件挺快樂的事。

不知不覺間，我冒出了不想死的念頭。這個事實讓我驚愕萬分。

明明就快要死了。

我急忙告誡自己別太得意忘形。

死亡就在我的身邊，時時冷卻我的感情。

別忘記自己就快要死了。

聽到這句話，我就只能默默地閉嘴，什麼都做不了。

「妳的男朋友應該快來了吧。」

聽到岡崎護士這麼說，我轉過頭來。

「剛才我看見他正在爬坡。」她邊把針筒的針頭插進我的手臂，邊面無表情地說道。我依照慣例回答她「不是這樣的啦」。

「看起來像是男朋友嗎？」

「難道不是嗎？」

岡崎是負責照顧我的護士，但她不會向我打聽沒必要知道的私事，而我也只向她解釋說卓也是我的同班同學。

「那又是怎樣？」

「唔……我們的關係不能用那樣直接了當的詞彙來解釋。如果我這樣說，妳會覺得莫名其妙嗎？」

「我可以原諒十幾歲的人說這種話。」

「那就請妳原諒吧。」

岡崎抽完血後，把一面手持鏡子遞給我。「頭髮亂了喔。」被她這麼一說，我拿起鏡子檢查。我的臉色還是一樣蒼白，看起來很不健康。

「我看起來是不是像鬼啊？」

我邊梳理頭髮邊問道。

「妳很漂亮啊。」

「但是？」

「沒有但是。妳要有自信一點。」

岡崎從我的手中拿走鏡子，仔細打量我的臉。

「我臉上有什麼嗎？」

「他是會讓妳開始在意自己外表的人呢。」

她是為了說這句話才故意給我鏡子嗎？我覺得自己彷彿上了當，心裡很不痛快。我好歹是個十幾歲的少女，當然很在意自己的形象，不管要見誰，我都會在意外表的。這時若是害羞就會顯得很蠢，所以我乾脆地回答：

「嗯。」

我這麼回答以後，不知為何反而是岡崎表現出害羞的樣子。她留下一句「這、這樣啊，那妳加油吧」就走出病房了。

卓也正好在此時走進病房。

我有些驚慌。

剛才的對話該不會被他聽見了吧？

因為擔心著這件事，我沒辦法主動開口聊天。

卓也的模樣看起來也怪怪的。

不知為何他一句話都不說。

打從走進病房之後，他即使和我對上視線也不開口。他走到床邊，還是一言不發。真怪。

「嗨～」

我按捺不住，只好先開口了，但卓也只是面無表情地望著我，一句話都不說。真令人不安，他是不是心情不好？有什麼事惹他生氣了嗎？我的心裡似乎想得到一些理由，但覺得這些理由應該都不對。

「喂，你說話啊。」

他這樣一聲不吭，真是讓我不知所措。我試著揮揮手，但卓也依然像被施了沉默咒語一樣，什麼都不回答。

怎麼辦？

「你有什麼想說的嗎？」

我邊問，邊努力克制語氣和嘴唇的顫抖。

「你什麼都不說我怎麼會知道？」

卓也依舊無言。

是有什麼難以啟齒的事嗎？

譬如他不想再來找我之類的。

我壓抑著心中不安，盡量用平靜的語氣說：

「你說清楚啊。」

我是不是表現得如同我希望的那麼平靜呢？

「說什麼啦？」

卓也突然開口了，他的聲音沙啞得令我大吃一驚。

「……你的嗓子是怎麼回事？」

我提出了理所當然的問題。

「我唱ＫＴＶ唱太久了。」

他的聲音聽起來像奇幻電影裡的老魔法師。

我只能笑了。

「……我就知道妳一定會笑我，所以才不想說話。」

看來他是為了實現我「唱ＫＴＶ唱到嗓子啞掉」的死前心願，才會搞成這樣。

我既覺得脫力，又覺得鬆一口氣。

「你是唱了多久才會變成這樣？」

「十二。」

「也唱太久了吧。」

卓也有時對我的要求實在太認真，結果就會鬧出笑話。

這一天卓也幾乎沒有開口，大概是說話會不舒服。他只是默默地附和我說的話，沒辦法正常和我交談。難道他是為了讓我聽到這麼悽慘的聲音才特地跑來的嗎？

窗外照進來的陽光投射在卓也身上，加強了明暗的對比。雖然卓也看起來有些散漫，又難以捉摸，但他不知為何對我非常照顧。

卓也是怎麼看待我的呢？

我很想問，卻又問不出口。

我覺得這種事還是不要問比較好。

如果我和卓也不是在這種地方認識，而是像一般的高中同學在教室裡認識，情況是不是會有所不同？如果我沒有生病，只是個普通高中生的話。

我們會在放學之後去咖啡廳坐坐，一起度過這個炎熱的夏天嗎？

我開始想像這種不可能發生的事，同時意識到，這種像白日夢一樣不可能再次降臨到我生命中的可能性，也是構成人生的要素之一。

真不想死啊。

真想和卓也多相處一些時間。

——把這份心情帶進墳墓吧。

我如此想著，嘴上什麼也沒說。

初戀的亡靈

At first sight

那是我的初戀。

第一次見到渡良瀨真水是在中學的考場。

當時我的父母很天真，多多少少還對我抱持著期望。這都是因為我哥香山正隆很優秀。正隆優秀的程度和別人不一樣，雖是惹人嫌的運動員類型，但功課成績也很好，光靠上課聽講就能拿滿分。

如此討厭的正隆還在讀小學的時候，就毫無怨言地乖乖去上補習班，還考進了偏差值七十以上的有名私立中學。父母看到哥哥的優異表現，或許有些異想天開。也就是說，他們以為我也會像哥哥一樣優秀。因此，我也是從小學就得開始上補習班，還要去考國高中直升的完全中學。

我因為得了流行性感冒，在考試前一天發高燒。可是，我一點都不想放棄考試。雖然讀書讀得心不甘情不願，但我好不容易奮鬥到今天了，無論如何都要去考試。

因為如此，我勉強去考試了。到達舉行考試的中學教室時，我覺得頭昏腦脹，腦袋完全不靈光，背過的無聊公式一點都想不起來。

第一場考的是數學。我看著題目，腦袋卻完全無法理解意思，看起來就像是莫名其妙的咒語。我絕望地想著：唉，完蛋了。監考老師喊著時間到的時候，我做完的題目還不到一半。

過去的努力都化為泡影。

下一場考試開始之前還有一些時間，我跑去廁所嘔吐。因為身體不舒服、什麼都沒吃，當然也吐不出多少東西，但是胃酸上湧還是讓我很不舒服。

我難受得要命，幾乎是用爬的回到教室。進教室時，我踢到了門軌，因此趴倒在地上。

每個人都一臉厭惡地看著我，也有人只是冷冷瞥了一眼，又繼續看手上的參考書。我彷彿可以聽見他們無聲地說著「跟我無關」。

這時候，有一個人走到我的身邊。

「你沒事吧？」

那是一個女生。她的語氣之中沒有憐憫，但也並非冷漠，只是很普通的語氣。

然後我看見了。

看見了她的臉。
那是我的初戀。
大概是一見鍾情吧。

她擔心地看著我。
「我帶你去保健室。」
我不能聽她的話，因為我得留在教室裡考試。下一場考試就快開始了，如果她帶我去保健室，連她自己也沒辦法好好考試，這麼一來有可能會丟掉幾分，搞不好是丟掉十幾分。
所以她跑來對我說這句話，讓我有些感動。那隻不計較得失、朝我伸出的白皙小手，讓我非常驚訝。
「不，我一定要考上。」
我如此回答，拒絕握住她的手。
「好吧……加油喔。我們保證會金榜題名，在開學典禮時見面。」
她微微一笑，對我這麼說。

後來我好不容易撐到考完試。當時支撐我的，就是對我伸出手來……連名字都不知道的女孩的那句話。

我努力考試的動機，不再是不想浪費這些年的苦讀，而是變成「想和那個女孩讀同一所中學」。這份心情像拐杖一樣，支撐著我寫完所有題目。

幾週後，我收到厚厚的信封，裡面有著合格通知。我真的很開心，因為四月就能見到她了。我不確定她是不是考上了同一所中學，但我從小就是個樂觀主義者，我堅信她一定也會考上。

在開學典禮上，我真的看到她了。

我覺得這一定是命中注定。

我開始想像將來的事。

開始妄想自己去找她說話。

想像著和她相識，和她聊起當時的事。希望和她越來越要好，一起參加社團。如果她加入合唱團，我也可以像個傻蛋一樣唱童謠。

我不確定要在什麼時候邀她出去玩，但最好是在暑假前。去哪裡都無所謂，我們可以去電影院或遊樂園，只要她想去，我就願意去動物園看那些無聊的猴子和獅子。

但我當時沒有找她說話。這也是當然的，想在開學典禮中和隔壁班的女孩聊天不是一件簡單的事。

後來想想，我覺得當時如果做出這種瘋狂的舉動也不錯。我或許應該在枯燥的校長演講中突然站起來，對她說：「雖然我還不知道妳的名字，不過等一下要不要一起出去玩？」

「名字？深見真水。」

我開始打聽她的事。在共同體育課上，隔壁班的男生這樣告訴我。

「幹嘛，香山，你對她有興趣啊？」

開學典禮過後一陣子，我還是沒機會和她說話。

「不是那樣啦。」

「她在我們班上滿受歡迎的喔。」

隔壁班的男生用愉快的語氣對我說了很多關於她的事情。

「她有參加社團嗎？」

我和她沒有任何交集。雖然體育課和隔壁班一起上，但男女是分開上課的，我當然沒有機會和她講話。

「她前陣子和我們班的女生說想參加運動類社團。」

「真意外。」

她的外表看起來不像運動少女，真要說的話，比較像是會參加學藝類社團的那種類型。

「可是她又說不想曬黑。」

我勸自己別著急。很怕自己搞砸了。

「對了，她的身體好像不太好。」

「是喔？」

我心不在焉地回應。當時我還不知道這件事有多嚴重。

入學不久之後，她開始頻繁地請假。

我詢問隔壁班的男生，聽說她常常莫名其妙地感到不舒服，也有人在猜或許是因為心理問題。

心理問題？她是會因為這種原因而抗拒上學的人嗎？我不認為她是這麼脆弱的人，她看起來充滿生命力，十分勇敢堅毅。

可是，她越來越少來學校。

在請假兩週之後，深見真水來到學校。我心想今天一定要找她說話，還專程跑去看她。但我一直鼓不起勇氣，直到放學都沒有採取行動。放學以後，我匆匆跑出教室，看見她正要離開。我什麼也沒想，只是悄悄跟著她。

在放學後的冷清圖書館裡，她一個人默默看著書。

圖書館很安靜，沒有人說話，所以我也不敢隨便向她攀談。我在漫畫的那一區假裝在看舊漫畫，眼睛卻一直盯著她。

我發現她的眼角含著淚。那本書有那麼感人嗎？

她應該不是第一次看這本書，因為書已經翻到了最後。看完書之後，她抬起頭來發呆了好一陣子，然後把書放回架上，走出圖書館。

我有些猶豫。應該追上去跟她說話嗎？可是我更在意她剛才看的是什麼書。

若是知道她喜歡什麼書，就能當作向她搭話的契機。能想出這個主意，令我不禁有些得意。

我去書架上找那本書，依照封面和封底的模樣，很快就找到了。那是靜澤聰的《一縷光》，似乎是一本會讓人看到睡著的書。只知道男主角好像是個生病的男人，感覺一點都不刺激，想必也沒有戰鬥之類的情節。

從隔天開始，深見真水就不再來學校了。

過不久，她生病的事傳遍全年級。有人說她罹患發光病，我聽到之後大吃一驚，急忙去圖書館，再次翻開《一縷光》。那本書裡面也有寫到罹患發光病的男人。我從圖書館借走了那本書。

雖然那本書很難讀，我還是勉強看完了。故事很簡單，大綱用一句話就能說完：那是一個罹患發光病的男人死在醫院的故事。

我上網查詢發光病，發現這種病沒有治療的方法，一旦得病就只能等死。

怎麼可能會有這種事？她會死？這件事聽起來一點都不真實。她還很年輕，才國中一年級而已，怎麼可能認命地接受死亡？她本來應該有著多采多姿的大好人生，如今卻要死了。

一定是有某些事弄錯了。我很想這樣想，完全無法接受她會死的事。

那些只是謠傳，我還沒從別人那裡聽到正確的情況。她說不定是得了其他病，總有一天會再來上學。

話雖如此，但我有自己的人生。對於國中一年級的我來說，一年是很漫長的，如果光是用來等她回來上學就更漫長了。

沒有她的學校就像用修圖ＡＰＰ修過的照片一樣，有些褪色而模糊。

我試著參加社團，因為覺得運動可以讓我不會因為思念她而每天過得悶悶不樂。我加入的是籃球社。其實什麼社團都無所謂，但我也不太想要曬黑。

我一面過著無趣的生活，一面苦苦等待她回來上學的那一天，結果那一天卻沒有到來。

她住院之後，發生了一件嚴重的事。

哥哥正隆出車禍死掉了。

那件事發生在我國中一年級的時候。那只是一起平凡無奇的普通車禍。正隆在人很少的地方過馬路時，被一輛闖紅燈的小貨車撞上。他的身體飛到半空中，然後摔在馬路上，頭蓋骨凹陷，全身受到撞擊，當場死亡。聽說他撞得遍體鱗傷。之所以是「聽說」，是因為父母不讓我看哥哥的遺體。

正隆臨死前在想什麼？我偶爾會想到這件事。從他被小貨車撞上，直到摔在地面的短短一瞬間，他的心裡有什麼想法？是不是「好痛」、「我不想死」之類的念頭？或許人在面對死亡時只會想到這些事，但是這樣跟昆蟲或其他動物又有什麼不一樣？

也不完全是因為正隆死掉的緣故，我不知從何時開始覺得人生很空虛。深見真水也一樣。如果她真的罹患發光病，那她遲早也會死。活在世上是如此空虛，沒有意義，也沒有價值。即使我明天就像正隆一樣突然死去，也沒辦法抱怨什麼。我漸漸覺得，為了這種東西努力實在太愚蠢了。

對了，我想起正隆有個女朋友，名字叫岡田鳴子，長得還滿漂亮的。那個女生在正隆的葬禮上哭了。她沒有哭出聲音，只是靜靜地不停掉淚。看到她那個樣子讓我覺得好蠢，甚至有些佩服，虧她能哭成那樣。

那個女生在正隆死後不久也出車禍死了。聽到這件事以後，我因為跟她不熟，所以只覺得「喔，這樣啊」。但也覺得有些奇怪，出車禍死亡的機率有多高？為什麼身邊的人接連以同樣的方式死去？雖然我想到這一點，但也只是想想，沒有繼續深思，因為想再多也沒有用。

或許是從那時候開始，我的個性改變了一些。不是一下子變得很多，而是一點一滴地改變。

我稍微留長了頭髮，也比以前更在意服裝打扮。我不想被周圍的人看不起，個性變得有些吊兒郎當。

我在男生之中越來越孤立，在女生之中的評價倒是沒有降低。這個嘛，其實是因為我想讓女生喜歡我。簡單說，我想讓自己更有女人緣。

這是在練習。

為了和深見真水在一起，我刻意地磨練和女生交往的技巧。

我第一次接吻是在國中一年級，對象是同年級的女生，結果我們兩週後就分手了。雖然我跟那個女生只有接吻、牽手和擁抱，不過我在國中二年級的春天就告別了處男生涯，對象是社團的學姊。

「你喜歡我的什麼地方？」

做完以後，學姊問了我這個問題。我不知道該怎麼回答，因為連我也不清楚自己到底喜歡她哪裡，說不定我根本不喜歡她。

「年紀吧。」

我邊穿衣邊回答。

「香山喜歡向姊姊撒嬌呢。」

聽到學姊這句錯誤評價，我只是回以含糊的笑容。她似乎誤會了。或許她就是喜歡這種會跟姊姊撒嬌的可愛弟弟，那我就扮演這種角色吧。

但事實並不是這樣。

我喜歡找年紀比我大的女生，只是因為這樣比較有挑戰性，追她們比追同年齡的女生更困難。對我而言，這就像遊戲一樣，累積夠多的經驗值之後就能升級。一味地打史萊姆是沒辦法提升等級的，我得試著挑戰更強的敵人。從這個角度來看，我根本是把女生當成敵人。

後來，我又陸陸續續和很多女生交往。女生也有各式各樣的類型，要一個一個配合對方還是很累，於是我找到了一個簡單的規則。

想和別人相處得好，祕訣就是不要表現出自己的真實模樣。

每個人都希望別人聽自己說話，所以絕大多數的時候只要附和對方、讚美對方就好。她們偶爾會希望我說些「她們想問的事」，我也只需要配合地回答即可。

沒有一個人在乎我真實的模樣，所以，我只要依照對方的期望來調整自己的角色就可以。

事實上，我只靠著這個方法就和很多女生睡過。

國中二年級時，班上有個同學叫岡田卓也。

我早就聽說正隆的女朋友有個弟弟和我讀同一間中學，而且和我是同學年。二年級重新分班時，我一進教室就和他對上眼。

岡田想必也知道我是他姊姊男朋友的弟弟，他看到我時表情非常複雜。

之後，我和岡田在教室裡經常對上視線，但我們兩人都沒有特地找對方說話。岡田平時在班上話不多，我也一樣，我們都不是會積極交朋友、主動找人說話的那種類型。雖然我們在這方面很相似，但也不見得會因此變得親近。

我和岡田度過了一段沒有交集的日子，但我們偶爾還是會因為班上的事情，互相傳個單子、幫忙拿體育課器材。每當這種時候，我和岡田之間就會出現若有似無的緊張氣氛。沒必要的時候就不說話，只會為了正事交談——這就是我和岡田的關係。

我們一直維持這種關係，直到那一天。

那陣子我有些荒廢課業，和同學的關係也很疏遠，所以很晚才發現，岡田不知從何時開始、不知因何理由而遭到霸凌。他不是被全班霸凌，只是有幾個自以為很厲害的小混混盯上他，動不動就撞他一下、踢他一腳。

看到岡田被人欺負，我沒有什麼特別的想法，只是很平淡地覺得他運氣不好。對於霸凌，只靠一己之力是沒辦法改變的。我對這件事沒有任何責任，若真的出手阻止，恐怕只會雪上加霜，我不認為事態會因此好轉。

看到岡田被欺負，我的心裡確實有些不舒服。難道我只因為他是已過世的正隆的女朋友的弟弟，就對他懷抱著廉價的同情嗎？不可能，太噁心了。我想否認自己有這種噁心的想法，所以一直對岡田的事情視而不見。

某一天發生了這樣的事……

「去死吧！去死吧！」

下課時間，我聽見教室窗外的陽台傳來囂張的叫聲。轉頭一看，被群起抨擊的人就是岡田卓也。我冷冷看著陽台那邊，心中想著，又是那群人啊。人們的行為總是不出那幾種，此時此刻在其他學校的教室裡說不定也正上演著同樣的光景。老實說，我只想要置身事外。

陽台的聲音從這裡聽不太清楚，只有岡田受到唾罵的氣氛透過玻璃窗擴散到教室裡。除了我以外，其他人也懷著微微的無力感坐視窗外的事情發生。

看到這情形，岡田突然一步步地朝著陽台欄杆的方向走去。看起來他似乎準備跨過欄杆，往外面跳下去。我心中一驚，教室裡的學生也都嚇得屏息。現在還看得見岡田的身影，他踩在欄杆外面的邊緣，看起來很危險，但還保持著平衡。我心想：喂喂，等一下，連你都要死嗎？

這未免玩得太過火了吧。這麼一來不就像在接龍嗎？正隆↓嗚子↓卓也。雖然姓名的拼音接不上。

我心想，如果他真的就這麼死了，我事後一定會覺得很不舒服。如果他死了，我心中對正隆死亡的印象鐵定會加強，永遠無法抹去。我不想讓這件事發生，於是站了起來，一鼓作氣地衝到陽台。

「你們這群人，有夠無聊耶。」

總之先用言語挑釁吧。對方有五個人，真要打起來一定是我輸，所以我只能持續虛張聲勢。

我翻過欄杆，跳到外面的狹窄邊緣，反手抓住欄杆保持平衡，站在岡田的身邊。

「你瘋了嗎？」那些小混混對我叫道。

「腦袋壞掉的是你們。」

我嘴上這麼說，但心中其實很清楚，在欄杆內側安全無虞地看熱鬧的小混混和教室裡那些隔岸觀火的都是正常人，站在欄杆外面、像在玩遊戲一樣讓自己置身於危險的我和岡田才奇怪，多少有些異常。

「和你們這群小孬孬比起來，岡田有膽識一百倍。」

我如此說道。我和岡田並非特別要好，所以他看到我突然跑過來，似乎很驚訝。這是應該的，最驚訝的人其實是我自己。我到底打算做什麼？

小混混們看到我魯莽的舉動也都呆住了。問題是我根本沒想過接下來該怎麼做，也不知道要怎麼收拾這個局面。短暫的沉默流過，每一個人都注視著我。

該怎麼做才好？

總不能說：「好啦，快上課了，大家回教室吧。」然後爬回欄杆內。這樣照理來說應該會被揍一頓。糟糕，該怎麼辦啊？

我什麼都沒想，脫口說出：「不過最帶種的還是我。」既然說了這句話，就不能不做些什麼。我毫無來由地想起前一天晚上在電視上看到的電影裡有一幕踢踏舞的場景。我的手放開欄杆，踮著腳尖站在欄杆外側。只要踩歪一公分，我就會摔下去。我邊拍手，邊開始踏步，那群小混混、岡田，以及在教室裡旁觀的同學都愕然看著我莫名其妙的舉動，臉上寫著：「這傢伙到底在幹什麼？」這也是應該的，因為連我都不知道自己想做什麼，只是繼續亂跳著類似踢踏舞的舞步。

你們看著吧。

我一點都不怕死。

「怎樣？」

我一臉得意地轉頭望向岡田。

當時岡田的臉上充滿難以言喻的表情。

下一秒鐘——

我失去平衡，從二樓摔下去。

真的假的？

我不知道這世上有多少人有過從二樓摔下去的經驗，總之，那真的是很奇妙的經驗。雖然在半空中掙扎，卻沒辦法控制自己的身體。在我墜地之前的短暫瞬間，我想到的是：「說不定正隆臨死前飛上半空中的時候也有這種感覺。」

此外，我在那一瞬間突然想起她的臉。那個許久不見、和我完全沒有交集的初戀對象，浮上我的意識表面。

後來的情形有點無趣。

還好我是雙腳先著地，要說幸運確實是很幸運。我受的傷並不嚴重，雖然痛得要命，但是沒有生命危險。

但我的腳後來就沒辦法靈活地動作了。我做了各式各樣的復健，結果還是改變不了這個事實。

醫生說我還是可以正常行走，生活起居不會有任何障礙，可是，恐怕沒辦法從事運動。

就這樣，我退出了籃球社。

我並不覺得難過。

我對籃球沒有任何執著，加入籃球社只是為了打發時間。

對了，自從我摔下二樓那件事發生以後，也不知道為什麼，岡田再也沒有被那些人欺負過。我已經解釋過好幾次，說我只是鬧著玩才會不小心摔下樓（事實也是如此），但還是有一些學生和老師，誇大地把那件事視為「自殺未遂」。說是這樣說，倒也沒人真的把此事拿來大做文章。

老師雖然沒有直接處理這件事，但可能還是想表現出有在處理的樣子，還在班會上讓大家討論「關於霸凌」這個題目。那些小混混或許是因此不敢再隨便鬧事，所以後來都沒再去騷擾岡田。

我覺得這樣也算是個好結果，對於那件事我從來沒有後悔過。

我和岡田並沒有因為那件事而變得比較親近。

不過，我們在那之後比較常說話了，不知不覺發展成一起吃午餐的關係，但還不至於在假日約出去玩。我們維持著說近不近、說遠不遠的距離，感覺還稱不上是朋友。

我們之間沒有明顯的交集，也沒有什麼地方特別合得來。和女生出去玩的時候，我沒有想過要帶岡田一起去。我連他的便服打扮是時髦還是土氣都不清楚。

就這樣，我差點死掉，結果沒有死，只是腳受了傷，不過也因此和岡田這個悶葫蘆熟了起來。

畢竟岡田是正隆女友的弟弟，每當和他說話的時候，我就會想起正隆的事。

「岡田，你有喜歡的女生嗎？」

我和岡田一起在學生餐廳吃飯時，突然想到這件事，向他問道。

「沒有。」

「要我幫你介紹嗎？」

「才不要，談戀愛麻煩死了。」

岡田知道我喜歡泡妞的事，所以他這句話聽起來就像在暗示「真虧你有辦法做這些麻煩事」。

「我問你，人要死的時候會想到什麼？」

我發問的時候沒有看著岡田。他也沒有看我，默默思考了片刻之後回答：

「我覺得要死的時候什麼都不想是最理想的情況。」

聽到他的回答，讓我頗有同感。然後，我想起了自己從二樓摔落時，突然想到深見真水的事。

此時我突然覺得，如果我繼續逃避自己的初戀，一定會後悔一輩子。

或許我應該去找她。

可是要怎麼找？我根本不知道她現在怎樣了，也不知道她住的是哪間醫院。

結果我過了很久之後才真的去找她。

在那段對話結束後，我和岡田離開學生餐廳，在中庭散步。

「其實啊，我很想當個專情的男人。」

我望向岡田說道。

「別說這種噁心的話。」

岡田如此回答我，很難得地笑了。

明明不談戀愛又不會死，為什麼大家都要談戀愛呢？

這種青澀的煩惱，光是用想的也解決不了。

所以，我後來就去見她了。

渡良瀨真水的黑歷史筆記

Her dark past

某天在病房裡，真水突然問我：
「嘿，卓也，你有沒有像我一樣的『死前心願』呢？」
我從來沒有想過這些事。
「啊……」
我思索片刻，想到一件事。
「我想在死之前把電腦硬碟砸爛。」
「……你的電腦裡放了不能見人的東西嗎？」
真水瞇起眼睛，用懷疑的目光看著我。
「沒有沒有，不是那樣啦。誰都不希望自己的私人領域被人看見吧？」
我急忙解釋。
「難道妳沒有不想讓人看的東西嗎？」
「……有啊。」
真水表情凝重地想了一下子，然後苦著臉回答：

「我有一樣東西一定要在死前處理掉！」

她邊說邊把雙手插進自己的長髮裡猛抓，像是想起某件丟臉的回憶。

「卓也……拜託你，我希望你去我的房間拿一樣東西。」

真水用顫抖的手抓住我的手腕。

「我房間最裡面的書櫃上有一本B5的紅色筆記本，和小說擺在一起。」

我去了真水家，律阿姨雖然表現得不太高興，但還是準備幫我泡咖啡什麼的。我婉拒她，然後請她讓我去真水的房間。真水住院之後，她的房間似乎還是一直保持原樣。

我走進真水的房間，四處打量。

這裡的時間彷彿停止了。

床上有兔子布偶和熊布偶，桌子是書桌。書櫃有好幾個，角落的書櫃裡排放著國中課本。真水還住在這裡時的狀態被完完整整地保存下來。

我覺得彷彿在哪裡見過這個景象，然後很快就想起來了。這裡很像姊姊鳴子的房間在她死後的樣子。

我依照真水的描述去找最裡面的書櫃，一下子就看到幾本筆記本。那些全是上課的筆記，封面上直接了當地寫著「數學」或「國語」之類的標題。雖然已經放了好幾年，但每一本看起來都還很新。我拿起來迅速翻閱，發現只有最前面幾頁寫了字。真水在國中一年級的第一學期就開始住院了，所以這是理所當然的。筆記本的角落畫了塗鴉。畫在上面的兔子和熊與她床上的布偶一模一樣。

只有一本筆記本沒寫標題，那就是真水所說的B5紅色筆記本。是日記之類的東西嗎？我把筆記本放進包包，離開房間。

我一走進病房，真水就焦急地看著我。

「快點，快點把筆記本給我。」

「是這本嗎？」

我從書包裡拿出筆記本，翻開給她看，真水立刻一把搶過去，緊緊抱在懷裡。

「你看了嗎？你看過了吧？」

「妳覺得我是會擅自看別人筆記本的那種人嗎？」

我裝出不悅的表情對她說。

「……不好意思，是我誤會你了。」

她露出愧疚的表情說道。

「你真的沒看吧？」

即使如此，真水還是對我抱持疑心。於是我開口說道：

「全世界的寶石、任何的鑽石也比不上妳的美麗。」

聽到我說出這句話，真水渾身一顫。

「我愛妳勝過這世上所有的東西，也勝過這首鋼琴奏鳴曲。」

真水面紅耳赤，露出羞恥至極的表情。

我念的那幾句話，是她寫在筆記本裡的愛情小說對白。裡面寫著喪失記憶的鋼琴家和國中女生之間的愛情故事。恢復記憶的男主角，邊彈鋼琴邊對女主角說出愛的告白，最後不知為何搭著飛碟回土星了。原來他是個外星人。

「……我要先殺了你再自殺！」

下一瞬間，枕頭飛了過來。我及時接住枕頭，走到她的床邊安撫她。

「哎呀，妳寫得很不錯啊，真的啦。雖然早餐吃香蕉聖代感覺不太現實，男朋友是外星人也讓人覺得有些莫名其妙，但裡面還是有些亮點。」

真水用棉被蒙著頭，縮成一團。如果這裡有地洞，她一定會鑽進去。或許就是因為沒有地洞才要蒙著棉被。

我一再道歉之後，真水才慢慢地從棉被中露出臉，瞪著我看。

「真水，對不起。」

「那你也要給我看。」

「看什麼？」

「你最不好意思讓別人看的東西。」

「這是無所謂啦……妳是說電腦硬碟裡的內容嗎？妳真的要看那個嗎？我的口味還挺重的喔。」

真水聽到這句話又紅著臉縮了起來。

「應該有些沒那麼下流的東西吧？」

「啊……對了。」

我想了一下，把存在手機裡的某張照片拿給她看。

「我真的不想讓任何人看到這個。」

「噗！」

真水噗哧一笑，然後摀住嘴巴死命忍著笑。

「馬桶蓋眼鏡男。」

那是我小學時的照片。我現在戴的是隱形眼鏡，但小時候的我很用功讀書，而且不太在意外表，頂著一個馬桶蓋的髮型，戴著像牛奶瓶底一樣厚的眼鏡，看起來矬到不行。

「運動服上面還寫著 California。明明是馬桶蓋眼鏡男卻穿著寫了 California 的衣服……嘻嘻。」

「少囉嗦。」

我拿回手機，接著她拿出了自己的手機。

「嘿，你要不要看我的裸照？」

我心想，她在胡說些什麼？

「幹嘛突然這樣說？」

「你看。」

真水把自己的手機交給我，我一看螢幕，上面顯示的是嬰兒的照片。

說起來確實是裸照。

「很性感吧？」

「像猴子一樣。」

這張照片根本看不出是男是女。真水把手伸過來操作手機，叫出下一張照片。那是女兒節的照片，看起來比較像女生了。接著，真水依次叫出照片，那是一個少女逐漸成長的軌跡。就如同律阿姨所說的，那女孩的表情非常活潑。在手機螢幕裡，真水進入了小學就讀、在運動會上奔跑、參加遠足、唱歌、小學畢業、變成國中生，接著是醫院裡的照片，她臉上的笑容變得越來越少。

「嘿，卓也，要不要拍一張照？」

真水有點不好意思地問道。

她拿起手機拍下我們兩人的合照。我看著拍出來的照片，覺得這兩人看起來彷彿感情很好。

侑李與聲

Yuri and Koe

1

我並不想當大學生。

我邊爬上通往學校的漫長坡道，邊如此心想。

櫻花的色彩像是在祝福著我之外的人。

一想到接下來的四年每天都得爬這條坡道，就覺得好厭倦。

到底有多少人想當大學生？

應該只是為了延後還債才繼續升學吧？至少我就是這樣。

開學典禮在大學的禮堂舉行。大批年齡相仿的人聚在一起的光景讓我十分反感。

順帶一提，我重考了一年。

校長冗長的致詞令人昏昏欲睡，跟年輕學生高談闊論有這麼愉快嗎？還是說他的內心其實也很不情願？

其實這所大學根本沒有好到值得重考。大多數人應該都是應屆考上的吧。該怎麼說呢……看著新生們的臉，我一點都不想跟他們打好關係。

開學典禮結束後，有為新生舉辦的說明會。學生都聚集到大教室裡。

我讀的是無聊的藝術學院。

我對藝術毫無興趣，頂多只會看看漫畫。如果藝術位於赤道上的肯亞，那我就是在南極，是離文化藝術最遙遠的人。我會來考藝術學院，只不過是因為成績差不多到這裡而已。是說就讀藝術學院的人，每個感覺都很特立獨行、惹人厭惡，髮型、化妝、打扮、說話方式、聊天話題，我全都看不順眼。

「那麼大家就輪流自我介紹吧。」

現場開始了自介活動，每個人講的都是出生地或興趣之類的無聊事情，我完全沒在聽。輪到我的時候……

「我叫香山彰，喜歡女人，請大家多多指教。」

到處都傳出竊笑聲。你們這些傢伙有什麼意見啊？

最有效率的把妹方法，就是參加社團的迎新酒會。

大學在四月裡有接連不斷的酒會，我每個都跑去參加，在那裡和同屆的女生或學姊交換聯絡方式。

坦白說，我不太喜歡跟人打交道。喜歡交際這種話留在應徵服務業打工的時候說就好了，我絕對不是會認真說出這種話的人。

話雖如此，有時我還是會覺得一個人寂寞難耐，這種時候我習慣找女生來轉移注意力。

我和一個認識的女生溜出酒會，兩人一起回家。午後醒來，看著彼此的臉，那個女生（我忘了她的名字）問道：

「香山，你經常做這種事嗎？」

「沒有啊。」

我就算說謊也不會心虛。我很少對人說出真心話，因為我覺得那樣很遜。

「我算是你的砲友嗎？」

「不是啦。」

照一般人的眼光來看，或許很類似那種關係，但我們又不是朋友。很多人若不確認彼此的關係就沒辦法安心，但是安心反而讓我不舒服。

我不喜歡安心。

前陣子跟岡田講電話時，他對我說「你應該認真一點，各方面都是」。

我和岡田只是高中時代的朋友，最近幾乎都不見面了，但不是因為關係變差。

岡田應屆考上了醫學院，現在應該忙著應付課業吧。

我不想打擾他。

岡田活得很認真，這和渡良瀨真水的死想必不是毫無關聯。

沒有任何一件事能讓我變得像岡田那麼認真，或許是因為這樣，我一見到他就有些自慚形穢。

叫我認真，是要認真什麼？難道要我認真談戀愛嗎？就像是「好！我要努力！」這樣拚命的認真嗎？

認真談戀愛啊……

我都會找藉口說是沒有對象，或是沒有好對象。

找人上床倒是很簡單。

我根本找不到能認真喜歡的對象。

大學的課業根本沒有必要認真，只有會點名的課才需要出席，考試之前向別人買筆記、背一背從前的題目便能過關——在酒會上認識的人以一副識途老馬的態度這麼說。

所以我後來完全不去上課，平日不是叫女生來家裡，就是把女生帶去空教室。

但總覺得這樣的生活很空虛。

四月將盡，櫻花開始飄零。事情發生在花瓣落到傍晚小雨積成的水窪裡的時期。當時應該剛過下午五點。在這種不早不晚的時間，校園裡看不到幾個人。現在吃晚餐還太早，菸剛才也抽過了，距離下一堂課還有一段時間，所以我閒得很。

於是我像平時一樣在校園內閒晃，走著走著，遠方的柱子後面彷彿出現一張認識的臉。

此時我聽到了鋼琴聲。

藝術學院裡有鋼琴科，所以在校園內聽到樂器的聲音很正常。

一開始聽不出那是什麼曲子，因為我完全不聽古典樂，連蕭邦和莫扎特是哪一國人都不知道。那些頂著積雨雲般髮型的作曲家每個看起來都長得差不多。

但仔細一聽，我聽出了那是什麼曲子。

那不是古典樂，我聽過這首歌。

我以前有一個哥哥。之所以說「以前」，是因為他現在已經不在了。

那是哥哥常聽的曲子。

一位自殺的音樂家寫的曲子。

我平時完全不會想起哥哥的事，但這首曲子就像鑰匙，打開了過往記憶。

以前哥哥經常說「你和我不一樣」。哥哥是認真的優秀學生，我卻是後段班的學生，並且總是為此感到鬱悶。

曲子持續演奏著。起初聽起來只像是雜音，但是我越聽越覺得有意思。

原本的曲子並不是鋼琴曲，而是吉他伴奏的歌聲。

這不可能是上課或作業要演奏的曲子。

或許是有人因興趣而彈的吧。

到底是誰？

我走進校舍，爬上樓梯。

我沿著走廊找尋，越接近，鋼琴聲也變得越清晰。

聲音來自走廊最底端的教室。

我打開了門。

裡面有個女生。
只看得見她的背影。
一個長頭髮的女生。
她穿著長裙和深藍色毛衣，腳上穿著包鞋。她的腳頻頻踩著踏板。和她優雅挺直的身體相比，腳的動作顯得很忙碌。
窗戶開著，微風伴隨柔和的陽光吹進來，晃動那女生的頭髮。
鋼琴曲聽起來有點悲傷。
我朝她走近，看見她白皙的手指異常修長。
她的手指彷彿受到鋼琴鍵吸引，靈活地動作。
彈完最後一次的副歌以後，她喘了一口氣，轉頭看向我。
這女生皮膚白皙，睫毛很長，可能比我大個幾歲，總之看起來不像大學生，但我看不出她的年齡。我覺得她一定是比實際年齡看起來更年輕的那種類型。
她的眼角含淚。
看到她這副模樣，我多少有些慌張。
為什麼哭泣呢？

我想要轉開視線，但我還沒反應，她就開口說：

「你是誰？」

「我聽到鋼琴聲就過來看看。」我盡量表現出滿不在乎的態度。

「你是這裡的學生嗎？」

「算是吧。」

「算是？」

「可能不讀了。」

明明才剛入學，我現在就不想讀了嗎？此話一說出口，連我自己都有點嚇到。

「妳是？」

她或許是出社會以後又回來讀大學，或是研究生，或是老師。不過這些人的身上都會有一種大學的氣息，而她卻沒有，只像個普通過生活的人。

「我是這所大學的畢業校友。」

「妳可以隨便彈這裡的鋼琴嗎？」

「大概不行吧，要幫我保密喔。」

她說這句話的時候露出了小孩在惡作劇時被抓到的表情。

「妳在這裡讀書是多久之前的事？」

「你是拐著彎問我的年齡嗎？」

「那妳告訴我名字就好。」

「市山……侑李。」

她沒有念得很清晰，聽起來像是外國名字Juli。這明明是她自己的名字，為什麼說得這麼含糊？

「我叫香山彰，是重考一年的新生。」

「重考過的人都有一種特別的氣質。」

「有嗎？」

「該說是比較成熟，還是比較彆扭呢……」

「或許是彆扭吧。」

聽人一語道破我的現況，讓我心情有些複雜。

「市山小姐平時是做什麼的？」

「唔……鋼琴老師吧？」

我不懂她為何用疑問句來回答，但還是繼續說：

「妳的鋼琴班很紅嗎？」

「這問題真沒禮貌。一點都不紅啦。」

她不客氣的回答讓我笑了出來。

「如果我是學生，一定不會離開妳的鋼琴班。男學生應該比較多吧？」

「像你這樣輕浮的男生不知為什麼不太會來學鋼琴。」

「我看起來很輕浮嗎？」

「是啊。」

她邊說邊故意皺起臉。

我心想，她和一開始給人的印象截然不同呢。我對擁有這種落差的女生最沒有抵抗力了。

大學的課程很無聊。大學的教室比高中的大，學生的數量也較多，但不知為何更讓人感到無聊。蹺課不容易被發現，也不會挨罵，或許是這種環境令人墮落吧。

我心不在焉地聽著老師講課，同時呆呆看著市山小姐之前給我的名片。

出租唱片行「TIMELESS」。

這似乎是市山小姐開的店。她說她從大學畢業之後就開始做這份工作，所以從來沒有離開過本地。

「完全賺不到錢啦。只有鋼琴班沒人來上課的時候才會營業。」

現在還會聽唱片的人應該不多吧，更別說是租唱片了，這世上到底有多少人會去租唱片來聽？

拿到這張名片時，我心想自己一定不會去。唱片和我距離太遙遠了，我的房間裡連音響都沒有。

名片背後印著小小的地圖。那間店距離我們大學很近。

香奈：『香山，今天有空嗎？』

前陣子追到的同年級女同學傳LINE過來。看到這則訊息，我不知為何卻想起市山小姐的臉。

『抱歉，我今天要去一個地方。下次吧。』

我走下學校前的坡道，在通往車站的路上右轉。走在住宅區的小巷裡，我心裡有些不安。人煙越來越少，在這種地方開店會有人來嗎？

TIMELESS

發現招牌後，我鬆了一口氣。

大門是塗了油漆的木門。我從玻璃窗望進去，看見裡面緊密地排列著一大堆唱片架，走道異常狹窄。

這個地方讓人不太敢隨便進去。若不是有人介紹，應該沒人會主動進來吧。

我推開門，鈴聲響起。現在很難得見到這種門鈴了。地板是木頭製的，或許是勤於打掃，看不見半點塵埃。

我還沒進來就知道店裡很窄，但進來之後更覺得窄。店裡沒有一個客人，連櫃檯也沒有人。

架上塞滿唱片，依照不同音樂類型以字母順序排列。雖然我不感興趣，但還是抽出一張唱片來看。封面上有一個穿著燕尾服的黑人男性。

店內傳出腳步聲，市山小姐走了出來。

「咦？香山？」

「妳好。」

「你來光顧啦？謝謝。」

市山小姐開心地笑著，有幾分真心不得而知。

「妳這間店還真是沒幹勁呢。」

我誠實地說道，市山小姐苦笑著回答：

「只有我一個人顧店，客人太多才麻煩。只有熟人光顧的話還應付得過來。」

她這番解釋讓我不太信服。

「虧妳有辦法經營到現在。」

「維持經營不需要花很多錢。後面就是我家，另一邊還有一扇門，那裡放了鋼琴班的招牌。二樓是居住空間。」

從市山小姐的話聽來，一天頂多只有幾個客人。一張唱片的租金是一千圓，雖然幾乎沒有半點利潤，但她說教鋼琴的收入幾乎全都拿來買唱片充實庫存了。客人只有研究生、音樂大學的老師這一類人，因為店裡有很多不易買到的唱片，還有人大老遠特地跑來。

簡單說，就是和我這種人最沒有關係的店。

2

我和認識的女生同時交談著。

明明沒有傳訊過去，桂子卻接連丟了訊息過來，真煩。因為她說得沒完沒了，我不耐煩地把手機丟到房間的角落。

進入大學至今，我終於懶得跟任何人說話了。

每個人看起來都很孩子氣。看到那些眼中閃閃發亮、盡情享受大學生活的人，我就覺得不舒服。看到學生街的餐廳貼著大分量料理的照片，我雖沒吃東西卻覺得肚子很撐，還有些想吐。這就是我對大學生活的感想。

隔天，我和香奈一起在學生餐廳吃午餐，我們兩人下一堂都沒課，所以就在校內閒晃。

「香山，你今天看起來怪怪的耶。」

「哪裡怪？」

「一直東張西望，好像在找人的樣子。」

「沒有啊……」

中庭現在有合作社主辦的義賣。

這場義賣是把結束大學生活搬走的學生們不要的東西便宜地賣給新生。我和香奈都是一個人住，所以就去看看有沒有什麼好東西。

「我們之後會不會同居啊？」

「不可能吧。」

香奈像是生氣地輕輕敲打我的手腕。我不理她，繼續看那些商品。木板置物櫃、微波爐、舊冰箱、木板置物櫃、熱水壺、暖爐桌、木板置物櫃、椅子、木板置物櫃……大學生還真喜歡木板置物櫃。

這時，我突然看到一個老舊的機器。

唱片播放器，四百圓。

那玩意兒看起來年代久遠，不是近年流行的高科技音響，而是老式的唱盤機。

「這個年代還有誰在聽唱片啊？」

香奈沒有惡意地說道。

這東西原來的主人，一定是穿著二手衣、在房間裡燒著詭異焚香的怪人，興趣是瑜伽和冥想，煮咖哩也不會用市面販售的咖哩塊，而是考究地使用香料。

我正胡思亂想時，香奈拉拉我的手說「走了啦」。不過，我揮開她的手，拿起唱盤機。

「你要買嗎？是要當什麼搞笑的道具嗎？」

「才不是搞笑咧。」

我也不知道這東西要怎麼用來搞笑。「為什麼要買？為什麼嘛？」我不理睬香奈一再地詢問，付了四百圓買下那台唱盤機。

「咦？你又來啦？」

市山小姐有些驚訝地說道。和上次一樣，店內還是沒有客人。

「有什麼推薦的唱片嗎？」

「你租唱片做什麼？你住的地方又沒有唱盤機。」

「我今天買了一台。」

我說道，市山小姐卻用一種「幹嘛做這種蠢事」的語氣問我：「為什麼？」我簡單地解釋說「碰巧看到」、「在大學的義賣會」、「四百圓」。她回答「只要四百圓是還好啦」，彷彿接受了價錢便宜這個理由。

「就算要我推薦，我也不知道該推薦什麼。我又不知道你平時都聽哪種音樂。應該是你告訴我吧？」

她這樣問我，我也不知道該怎麼回應。市山小姐想必會從一個人聽的音樂來判斷他是怎樣的人。

「我想知道妳喜歡的音樂。」

「這個問題也不好回答。」

市山小姐看似困擾地說道。她從櫃檯後方站起來，一臉憂鬱地走到貨架前。

「總之，先聽聽這個和這個和這個和這個和這個和這個和這個。」

我還以為她在開玩笑，不過她好像是認真的。市山小姐以異常迅速的俐落動作，從架上抽出一堆唱片。她一定早就記住了每一張唱片的位置。

「等一下，這樣租金很貴吧。」

我急忙制止市山小姐。收銀機旁邊有一塊小黑板，上面用粉筆寫著每張唱片每週租金一千圓。這定價太不合理了，真希望她學學 TSUTAYA。

「我只是個窮學生，沒有那麼多錢。」

自己講出來都覺得悲哀。

「我還是大學生的時候砸在音樂上的錢就很誇張了。雖然現在還是砸了不少錢。」

「有一樣東西能讓妳這麼喜歡，我還挺羨慕的。」

「這才不是喜歡，應該說是詛咒吧。」

市山小姐正經八百地說道。我不知該如何回答。

「受到詛咒之後就逃不掉了。我也不想這樣啊。」

「我還以為妳是因為喜歡音樂呢。」

「總之，先借三張吧。是說你有喇叭嗎？」

「有啦，雖然只是便宜貨。」

「好，回去吧。」

「啊？我就是閒著沒事才來這間店的耶。」

「回去聽音樂吧。有話等你聽完再說。」

說完，市山小姐就轉身走回櫃檯。

回家以後，我立刻把唱盤機接上喇叭、放上唱片。轉盤開始轉動，唱針讀取著唱片上的資訊，音樂隨即播放出來。

是爵士樂。我隨手關掉電燈，躺在床上，閉著眼睛聽音樂。

薩克斯風的低沉聲音在房間裡迴盪。我完全聽不出好壞。或許我根本沒有鑑賞音樂的才能。然後，我想起了自己是為何去租唱片的，本來只是想藉機跟她說話。這音樂又沒有歌詞，這樣怎麼找得到話題呢？

「你會聽這種音樂還真稀奇。」

「少囉嗦，閉嘴啦。」

我塞起耳朵，但還是聽見了聲音。

「很吵耶。」

手機震動著，是岡田打來的。我猶豫片刻後，把手機收起來。我有點害怕跟岡田說話。之後，我把喇叭音量稍微調高一些。

「這可能是我第一次認真聽沒有歌詞的音樂。」

三天後，我又造訪市山小姐的店。

「這樣啊。」

這天她一臉呆滯的樣子，感覺有些奇怪。

「我討厭雨天，只要一下雨就覺得腦袋好重。」

外面正在下雨。我來店裡的時候也下著雨，雨勢大到就算撐傘還是會淋濕。

我注視著呆呆望向天花板的市山小姐。

她的眼神好可怕，視線沒有焦點，像是嗑了藥。

「我會因為被音樂的亡靈詛咒而死在這間店裡。」

「妳老是說些莫名其妙的話。」

「再這樣下去，我會在這裡漸漸老去，變成老婆婆。然後呢？」

「別擔心，市山小姐，妳很漂亮。」

市山小姐看著我，一臉不認同的樣子。

「啥？別逗我了，我都二十九歲了。」

「明明就很年輕啊。」

聽到她比我大十歲，我不禁有些驚訝。

3

我在餐廳裡和市山小姐一起喝酒。

我只不過是抱著姑且一試的心態約她，沒想到她真的答應了。

「你很會喝嗎？」

「市山小姐呢？」

「我到二十歲才第一次喝酒。我以前就是那樣的女孩。」

「一點都不意外。」

她會彈鋼琴又讀過大學，可見她的父母一定很用心栽培她。

話雖如此，她喝酒卻喝得很快，葡萄酒咕嚕咕嚕地喝下肚。

「生牡蠣好吃嗎？」

「嗯，這裡的生牡蠣賣得很好。」

市山把一種叫什麼巴薩米克的醬料灑在亮晶晶的生牡蠣上，一口吞下。我也拿起生牡蠣。

「市山小姐，妳是不是有什麼煩惱？」

「唔，該怎麼說呢，很難表達。」

我把葡萄酒倒進市山小姐的空酒杯。

「就是因為有說不出來的事，所以才要聽音樂、彈鋼琴吧。」

只聽到她說很難表達，我也不知道是怎麼回事，心想這可真麻煩。

「妳只是懶得說吧。這世上沒有什麼無法表達的事，只是嫌麻煩而不想說罷了。如果不努力試著說出來，以後有什麼重要的話就會漸漸說不出來喔。」

「那是你的哲學嗎？你是讀哲學系的啊？」

「這不是哲學，我也不是念哲學系或專攻哲學，而是事實。」

哲學是否和事實不同，其實我也不太確定。

「你為什麼會來讀我們學校？」

「因為成績不好吧。」

「太隨便了。你將來要怎麼辦啊？我想你應該很清楚，藝術學院的畢業生是很難找工作的，將來只能當無業遊民喔。」

「想找工作的話總是會找到的，再說現在煩惱將來的事也沒意義啊。拜託妳別說跟我前女友一樣的話。」

「你前女友是怎樣的人？」

「高中的班導。」

「真驚人。」

市山小姐用鄙夷的眼光看著我。

「什麼啊，你很受歡迎嗎？」

「還過得去啦。」

「有什麼祕訣嗎？」

「大概有一百條吧。」

「真的有那麼多嗎？那你現在全部說出來，我要數數看。」

「呃，或許沒有那麼多吧。」

我打住話頭，喝光杯中的葡萄酒，隨即又倒一杯。

「那我就說一個。」

我拿起一顆橄欖放進嘴裡，慢慢咀嚼。

「不要喜歡上對方就好了。」

應該要說其他祕訣的，但不知為何我說得這麼直接了當。

「我覺得一旦喜歡上對方就結束了，所以通常不會喜歡上別人。」

長久以來，我只喜歡過一個人。

市山小姐輕蔑似地笑了，啜飲一口葡萄酒。她喃喃說道「喜歡上你的女生真可憐」，然後看看手錶。

「是不是該回去了？」

她的語氣就像有什麼東西突然冷卻了。我又在她的杯中倒滿葡萄酒。

「妳知道發光病嗎？」

此時市山小姐的臉僵住了。

「我非常了解。」

她的語氣不知為何變得很拘謹。

「我喜歡的女生就是死於這種病。」

接著我向市山小姐說起高中時代的事，包括喜歡她的地方、長相特徵、溫柔又堅強的個性，一直講個沒完。

「你是不是一喜歡上對方就沒辦法用平常心跟對方說話啊？」

「啊？不是每個人都這樣嗎？」

市山小姐繼續喝著酒，想回家的態度已不復見。

「可以再多說一些你的事嗎？」

我大概是喝醉了吧，所以講了不少。

於是我說起從小到大的事，說話的同時也逐漸釐清心中的想法和情感。我們喝光了一瓶酒，又開第二瓶，等到第二瓶也喝光的時候，市山小姐已經醉得不成樣。

她的醉態令人有些不敢領教。

「我也不是自願過這種生活的。」

她沒頭沒腦地突然說出這句話。她的臉變得好紅。我們是最後的客人，店家就要打烊了，市山小姐搖搖晃晃地站起來。

說不定市山小姐是個很不可靠的大人。

我扶著她走出店外，外面一片漆黑，感覺有點冷。此時末班車已經開走，街上幾乎看不到行人。

市山小姐離開店家後，走得跌跌撞撞，感覺她現在若是去打西瓜一定打不中，沒走兩步就在柏油路上蹲下。

「要我背妳嗎？」

我裝出一副了不起的樣子，半開玩笑地說，市山小姐舉起一隻手回答：

「沒關係，不用。」

因為她回絕，我站在一旁看著她好一陣子，但沒有打算丟下她。

「好，我們走吧。」

我邁出步伐，催她快點站起來。

「……還是試試看好了。」

「啊？」

「背我。」

真是受不了，完全聽不懂她在說什麼。

「是可以啦。好，上來吧。」

我轉身背對市山小姐，隨即感覺到她正在慢慢移動。市山小姐攀在我的背上，我直起身子。

「好重。」

「才沒有，一點都不重，我很輕的。」

聽到她微怒的語氣讓我覺得很有趣。我邊走，邊仍繼續調侃她。

「是因為你沒力氣才會覺得我很重吧？」

其實是因為她醉得沒辦法抓牢，所以感覺特別重。

「我說你啊……」

市山小姐的呼吸吹在我的耳朵上。那是剛才喝的葡萄酒味道。

「原來還挺溫柔的嘛。」

「我是很溫柔啊，溫柔到會送奇怪的醉鬼回家。」

雖然我有過幾次背人的經驗，但還是覺得很辛苦。

還好市山小姐住的地方離這裡不遠，算是不幸中的大幸。幾分鐘後，我們到達她的店門口。門打不開。

「市山小姐，鑰匙。」

「……嗯？咦？我睡著了嗎？」

她的戒心未免太低了吧。

說不定她從小到大都是這副德行。一個二十九歲的女人還這麼天真，怎麼想都很誇張。

「啊，有了有了，鑰匙，在包包最下面。」

我打開門進去。店裡的燈關著，視野很昏暗。街燈從窗外照進來，店裡有些微微的亮光。

「櫃檯後面就是我住的地方。」

後面有一條路，我大概猜得到那是通往哪裡。

我初次踏進這個地方。冷靜想想，其實我把她放在這裡自己回家就行了。

「這裡要脫鞋子。」

我背著她，一面保持平衡，一面僅靠腳的動作努力脫掉鞋子。她應該可以下來自己走，不知為何卻不開口。我總覺得如果打破這微妙的氣氛，也會同時打散這股突然形成的親密感。

「幫我脫。」

我動手幫她脫去腳上的包鞋，一時心血來潮，就搔搔她的腳底。

「呀！」

市山小姐在我的背上掙扎，像是在忍著笑。

「聲音小一點，太吵了。」

她是在擔心什麼？這牆壁該不會薄到連小小的笑聲都會吵到鄰居吧？怎麼可能？

「左轉上樓梯。」

我照她說的話爬上樓梯。看來這房子不大。

「是那個門，別弄錯了。」

總覺得她一回家就變得特別囉嗦。

房間很普通，裡面有床和桌子和書櫃。我心想，這還真像高中生的房間。看不出長年生活累積的重量。我去過很多女生的房間，其中有不少是年紀比我大的女性，她們的房間會顯得更成熟，相較之下市山小姐的房間卻充滿學生的氣息，彷彿停止了生長。

後面傳來關門聲，應該是市山小姐靈活地用腳關上門。

我走到床邊，把她放在床上。

「呼，累死了。」

市山小姐在床上滾來滾去，像個孩子一樣。

「我撐不住了，好睏，要睡了。」

市山小姐閉上眼睛說道。

「喂，妳不用換個衣服或是沖個澡嗎？不卸妝就睡覺容易老化喔。」

「少囉嗦，明天再弄就好。」

「唉，真邋遢。」

我心想，我大概沒辦法接受邋遢的人吧。

「明天見。」她這麼說。

「侑李小姐。」

「哇！幹嘛突然叫我的名字，嚇我一跳！」

「我想再多跟妳相處一下。」

聽到我這麼說，她的表情有些驚訝，但很快又放鬆了。

「只是靜靜待著的話無所謂。」

「嗯。」

我坐在床上，然後就沒辦法再做出其他動作。她的眼神似乎透出奇怪的悲哀。

「我覺得自己腦袋不正常。」

會說自己不正常的人，確實都不是什麼正常人。

「沒關係，我也不太正常。」

「是喔，那我就放心了。」

我慢慢地移動身體，躺在她的身邊。動作顯得格外生澀，簡直像個處男。

「我啊……」

她看著我說。

「還有好多事情沒告訴你。」

「我也是。」

畢竟我們才剛認識不久。

「慢慢說吧。」

我這句話也包含那些說不出來的事。

下一瞬間，我回到了老家，在自己房間裡，岡田的姊姊從門縫看著我。煩死了，真希望她別這樣。

『初次見面，我正在和你哥哥交往。』

『真煩。沒必要做自我介紹吧。』

『你和我聽說的一樣呢。』

『妳聽說了什麼？』

『不告訴你。』

『去死啦，醜女。』

啊啊。

她已經死了嗎？

結果我沒有睡著，一直呆呆望著窗簾，直到看見窗簾變亮，已經到了感覺得出窗外光芒的時間。侑李小姐睡得很熟。看著她的睡臉，我突然湧出一股感情。為了遠離這種感情，我離開了房間。

昨晚背侑李小姐回來時房裡很暗，所以看不清楚，此時才發現這房子很大。一樓的店面明明那麼窄。

她一個人住這麼大的房子嗎？想到這點我就覺得有些可怕。我越來越不了解侑李小姐這個人了。

走廊的牆上掛著時鐘。現在是早上八點，如果不等侑李小姐醒來就直接離開，還來得及上第一堂課。但我不想這麼做，我的認真指數想必很低吧。

在走廊的前方，朝陽從店面的玻璃窗直射過來，照亮地板。她都是幾點開店呢？需要叫她起床嗎？猶豫了一下子，我決定不管這件事，反正和我無關。

肚子好餓。

在一樓走廊，店面的反方向有一扇門，我猜那應該是住家，就打開了門。那裡擺著四人座的餐桌，後面是廚房。冰箱很大，對獨居女性來說實在太大了。這不是我在炫耀，我一向很擅長翻別人的冰箱，或許該說是喜歡。無論有什麼食物都好，我可以直接吃沒煎過的熱狗，雖然這樣沒什麼好滿足的，但就是很愛擅自吃別人的東西。不知為何，偷吃東西的記憶一直留在腦海裡。

侑李小姐冰箱裡的庫存豐富得超乎想像。

我本來想像的是空蕩蕩、什麼都沒有的冰箱，但事實並非如此。

調味料一應俱全，除了柑橘醋、美乃滋、番茄醬這些基本的東西之外，還有名字複雜到念起來會咬到舌頭的醬料。雞蛋、奶油、植物性奶油、起司、牛奶。我平時對蔬菜沒興趣，但姑且還是打開蔬果盒查看，有很多葉菜類。打開冷凍庫，裡面有事先煮好冷凍起來的白飯，還有便宜的大包裝香草冰淇淋，製冰盒裡也裝滿了冰塊。

看來侑李小姐的廚藝應該不錯。

真意外，我還以為她平時都是吃外食。我突然開始考慮要不要等侑李小姐起床，請她做些什麼料理，不過很快就揮開這個念頭。

我拿出預先做好冰在冰箱裡的奶油燉菜。只是偷吃一點，她應該不會太生氣吧。熱過再吃比較好，但我覺得很麻煩，決定直接吃。我在餐具櫃裡找出湯匙，坐下來享用，正在咀嚼蝦子的時候，突然聽到了聲音。

「做過了嗎？」

回頭一看，有個小女孩無聲無息地跑進來，在客廳的門口抬頭看著我。

我想她應該是小學生。是幾年級呢？我邊恍惚地思考，邊看著那個孩子。她的臉挺成熟的，眉目之間還帶著一股傲氣。長得很漂亮，長大以後一定是個大美人。

我幹嘛對一個小女孩產生遐想啊？我急忙抹去這些想法。

更重要的是……

「妳是誰？」

為什麼侑李小姐家會有個孩子？我真不明白。

「做過了嗎？」

小女孩走過來，坐在我對面的椅子上。她還是個孩子，腳搆不到地板，一雙小腳很孩子氣地前後晃動著。那動作感覺像是很無聊。

「做過什麼？」

「和媽媽。」

我渾身一涼，全身無力。

媽媽？

「上床。」

真是人小鬼大。

「妳在說什麼啊？」

「還有，你想和媽媽怎麼樣？」

「我說妳啊……」

我真是被她搞得不知所措。完全沒想到會突然冒出這麼一個孩子。

「妳安靜一下。」

「聲。」

「啊？」

「不要妳啊、妳啊地叫我，沒人喜歡被這樣稱呼吧？太失禮了。你要用我父母幫我取的名字稱呼我。我的名字是聲。」

什麼跟什麼？

「這名字也太奇怪了吧，妳在學校不會被欺負嗎？」

這算是傳說中的閃亮亮名字嗎？好像也不是那麼回事。如果她感冒了，就得說「聲的聲音啞了」，感覺好像很囉嗦。

「那你的名字呢？」

我不悅地回答：

「香山……我是侑李小姐的大學學弟。」

這不是謊話，但多少有些辯解的味道。

有孩子就早點說嘛。

想到這裡，我發現了更不妙的事。

仔細想想，餐具櫃裡放的餐具都是三人份。

她是有夫之婦？

我急忙四處打量。

她的丈夫該不會在別的房間，正準備起床吧？我可不想陷入那種尷尬的局面。

「妳爸爸呢？」

「在很遠的地方。」

是單身出差嗎？總之我鬆一口氣。

「香山，你想和我媽媽怎麼樣？」

她直呼我的姓氏也讓我覺得很不爽。

「我可要先說清楚……」

「你最好放棄喔。」

不知何時她已經停止搖晃雙腳。

「或許吧。」

我不是個單純的人。就算是很有好感的對象，也不覺得有什麼特別的，只要碰上一些麻煩事，就會想要立刻逃走。

「你知道嗎？媽媽的腦袋不正常。」

我覺得我會落入和聲在這裡對話的處境，就是因為侑李小姐的不正常。
「這對你來說負擔太重了，你一定沒辦法的。」
總覺得她從一開始就把我看扁了，直到現在還是一直在輕視我。
「那可不一定。」
聽人說我一定沒辦法，我忍不住動了肝火。
「你要是不相信，一定會後悔喔。」
腳步聲從二樓下了樓梯，侑李小姐開門走進來。
「你們兩個，早安。」
她沒有表現出任何驚慌，還是平時那副模樣。
「早安什麼啦？」
我不高興地對侑李小姐說。
「妳應該一開始就告訴我的。」
「什麼事？」
「孩子啊。」
侑李小姐還是一副不為所動的樣子。她看看我手邊的奶油燉菜，笑著說「哎呀，你自己拿出來吃啦」，然後在聲的旁邊坐下。

「這是我的女兒，聲。請多指教。」

侑李小姐用手比向聲。

「媽媽，這次來的很年輕耶。」

「哎唷，別亂講。」

侑李小姐用尷尬的聲音對聲說道。這名字念起來真的很囉嗦。

「聲，妳沒有對香山胡說什麼吧？」

「才沒有。」

聲鬧脾氣似地說道，跳下椅子，離開餐桌，然後轉頭看著我們。她的眼神充滿輕蔑。我記得自己也曾用這種眼神看著年紀比我大的人。我現在才二十歲，就要被人用這種眼光看待了嗎？

「媽媽，我肚子餓了。」

「好好好。」

侑李小姐站起來，在冰箱裡翻找。她背對我彎著身子翻找蔬果盒的模樣，看起來就像是這個家裡的日常景象。

「香山，你只吃奶油燉菜就夠了嗎？」

「啊……嗯。」

我望向只吃了一口就放著不動的奶油燉菜。看著我用湯匙在奶油燉菜裡挖過的痕跡，此時才突然感到自己在這個家裡就像個外人。

「我要走了。」

我站了起來。侑李小姐沒有回頭。

「有空再來玩喔。」

「別再來了。」

侑李小姐的聲音和聲的聲音同時傳來。

「我也不確定。」

這句話不是對特定的人所說。說完，我從店門口離開。

這天的朝陽特別強烈，連水溝邊的積水也被照得閃閃發亮。不知為何，我有一種受到譴責的感覺。

4

這次的打擊還挺大的。

我後來一再想起那天的事。

我曾經和各式各樣的女人睡過。

其中包括有夫之婦，有男友的女生當然也有。倒不如說，和這種女生睡更讓我覺得賺到了，因為她們感情上的需要可以交給別人去照顧，我只要跟她們保持性關係就好。

但我還是第一次碰到有孩子的女人。

那個叫做聲的小學生。

怎麼想都很難應付。

我從來不覺得有哪個女人很難應付，但這次不一樣。我不記得自己曾經和具有孩子屬性或母親屬性的女人認真說過話。

對聲而言，侑李小姐是母親。這麼一想，我不由得覺得自己做的事情很過分。

後來，我好一陣子沒再去侑李小姐的店。人就算什麼都不做還是會肚子餓，醒著久了就會想睡，性慾同樣會逐漸累積。我隨便傳了一些簡訊。無論是誰都行，只要能讓我紓解就好。與其愛著一個不可取代的人，還不如和眼前的女人玩樂來得安穩。

桂子：『香山，你以後想做什麼？』

『什麼都不想做。』

想了也沒用的事情就不要去想，這是我的原則之一。

說不定我到了明天就會因為生病或意外或天崩地裂或遭人挾恨謀殺而死掉。說不定跟我發生過關係的女人的男友突然發現我們的私情而跑來捅我一刀。這是很有可能發生的事。

既然不知道什麼時候會死，思考將來的事也沒有用。

我只想忠於自己的慾望，盡情享樂。

這樣有什麼不好？

認真努力聽起來只像是不肯認輸。

不認真努力也無妨。

反正人遲早要死。

夜裡，我因作了惡夢而醒來，然後就去了便利商店。我去便利商店並不是想買東西，而是彷彿想確認自己不想要任何東西，最後買了一點都不想抽的菸回來。

外頭在下雨，我卻寧可撐傘也要去便利商店。我有時覺得，自己或許在精神上很依賴便利商店。

這種時候該做什麼呢？我掌握不住自己的慾望。

走出便利商店後，我接到了電話。是侑李小姐打來的。

『我忘了帶傘。』

雖然覺得很愚蠢，但我實在沒辦法丟著她不管，最後還是去了她躲雨的車站出口。

「謝謝。」

「妳怎麼會搞到這麼晚？」

車站的綠色時鐘顯示時間已經過了十二點。

「你想聽細節嗎？」

「也還好。」

「不告訴你。」

「要來我家嗎？」

我這麼一說，侑李小姐就睜大眼睛，像是很驚訝的樣子。

我拉著她的手回到自己住的地方。

「感覺就是男孩子的房間呢。」

「不要加上『孩子』這兩個字，很討厭。」

「啊，是唱盤機！」

侑李小姐對我房間裡的唱盤機有了反應。

「這個年頭已經沒人在聽唱片了。」

我不喜歡看到侑李小姐把熱情投注在無法賺錢的事物上，感覺她好像不是活在現實世界。這麼說來，我就是只活在現實世界的人吧。

「我和聲的父親是在大學裡認識的。他很喜歡音樂，時時刻刻都在聽音樂，譬如說他回家的第一件事一定是播放音樂。」

「那個人現在怎麼了？」

聲說過他在很遠的地方。

「死了。」

喔喔，原來如此，我明白了。

聽到那個人已經死了，讓我鬆一口氣。

「那間店是他開的。」

「他一定是個很溫柔的人吧。」

我略帶諷刺地說道。侑李小姐一定也聽出來了，但還是認真回答「是啊」。

「妳打算一輩子都想著那個男人過活嗎？」

氣氛變得有點僵。

「別再談這個話題了。」

我厭倦地說道。

「那來聊你的事吧。」

侑李小姐在床上坐下。坐在我的身邊。

「你心裡一定也有這種人吧。」

「啊？什麼人？」

「初戀的對象之類的。」

我無意識地咂一下舌頭。

「生氣了？」

「那把傘給妳，妳回去吧。」

我指著門的方向，瞪著侑李小姐說。

「謝啦。」

侑李小姐離開後，房間裡失去了人的氣味。我鎖上門，躺在床上望著天花板。

每個人都會死，所以事情才會變得這麼麻煩。

我感覺到門被打開，接著察覺到那個女人的味道。我閉上眼睛，縮成一團。

我想應該很少人會喜歡梅雨吧，總之我討厭梅雨。雨水陰沉沉地不停敲打屋頂和地面，在這片濕淋淋的空氣中，我連撐傘走路都覺得厭惡。因為不想出門，所以我一次次地把女人叫來家裡上床。

某一天我突然很想試試一天能和幾個女人上床。

我每隔兩小時約一個女人，今天的目標是六個人。我想要打破自己的最高紀錄，像是在挑戰電玩遊戲的最高分。

「抱歉，我來早了。」

因為發生一些失誤，兩個女人撞上了。是桂子和香奈。

我還以為她們會鬧得不可開交，事態卻沒有演變成那種地步，她們兩人輕鬆自若地笑著對望。感覺真不舒服。

我們三人泡了茶一起喝。

「妳和香山在一起很久了嗎？」

「不算太久啦。」

「我倒是挺久的。」

桂子是我重考時在補習班追到的，她和我同時考上東京的學校。

「要不要三人一起來？」

我這麼一說，她們兩人就用冰一般的冷漠眼神盯著我。

因為這個局面拖太久，我只好和晚點要過來的女人臨時取消約會。結果我的紀錄只停在四個人，挑戰最高紀錄的事只能保留到將來。

她們兩人離開以後，我突然想起忘了還唱片的事。看看寫在紙上的歸還日期，時間早就過了。

我播放起唱片，還是一樣聽不懂。我重複聽著音樂，閉起眼睛，望著天花板。門鈴響了起來。是誰啊？我走去開門。

侑李小姐站在門外。

「……幹嘛？」

她看起來似乎很不高興。

「我是來拿唱片的。」

唱片現在仍在播放，侑李小姐指著空中說「這個」。

「不要。」

侑李小姐走進房內。

「我還要收逾期費用。你可得乖乖付錢，五千八百圓。」

「五千八百圓……」

我嚇了一跳，聲音有些拔尖。

「有什麼好驚訝的？」

「我哪裡付得起啊？」

「去打工就行了。」

「我不要打工。」

「為什麼？」

「因為我很懶。」

我嘆著氣打開ＬＩＮＥ，開始找尋有沒有能借我錢的人。有沒有比較好利用的女人，或是被我冷凍不管的女人啊？

「你滑什麼手機？」

接下來只需要再想個借錢的理由。

「我要去借錢。」

「啥？」

「啊啊，對了，妳也幫忙想一下借錢的說詞吧。」

「你到底在說什麼？」

「我先傳ＬＩＮＥ給住得很遠的女人：『妳最近在做什麼？』等對方邀我去喝酒時，就說『我已經窮到沒錢搭電車去找妳了，先匯一點給我吧』，妳覺得如何？啊，不行，如果她說『那我去你那邊吧』，我就只能陪她喝酒了。有沒有更好的理由啊？」

「香山，你究竟要渣到什麼程度？」

「妳說我？」

我看著侑李小姐，炫耀似地說道：

「我可是老手喔。」

「去工作啦，人渣。」

侑李小姐輕輕敲一下我的腦袋。

5

不知怎地，我後來就去侑李小姐的店裡打工。

侑李小姐店裡的生意不好，平時沒什麼客人，所以閒得很。工作內容只有打打收銀機、用 Excel 登記借出的唱片，除此之外就是在有空的時候打掃店裡。

我在打工的第二天就放棄打掃了，心不在焉地坐在椅子上。侑李小姐很愛乾淨，就算我什麼都不做，店裡也是整整齊齊的。

我真是找到一份輕鬆的打工。

時薪是一千圓。

這種工作怎麼想都太賺了。

這間店的客人都是常客，而且幾乎是大叔。

會來這裡的客人大致上可以分成兩種。

一種是喜歡音樂的大叔，另一種是為了侑李小姐而來的大叔，也有同時為了兩種目的而來的大叔。總而言之，有八成的客人是大叔，剩下的兩成是大嬸，她們應該是單純喜歡音樂吧。到後來我差不多記得所有客人了。

「喂，你這個打工仔和侑李小姐是什麼關係啊？」

一個常來的男人用輕視的表情問道。

「情侶。」

我不高興地這麼回答，男人大吃一驚，同時，一隻手用力擰住我的耳朵。

「幹嘛啦？」

我回頭一看，聲就站在旁邊，她不知何時悄悄站在這裡偷聽。

「騙人。」

「不過侑李小姐會請員工還真稀奇。」

「在我之前有其他人來打工嗎？」

「大概幾年才會請一次人，過了幾個月那人就不幹了，然後她有一段時間都不會再找人，過幾年之後，又會找新人進來。」

「這間店不會因為僱用店員而倒閉嗎？」

「喔喔，這個你不用擔心，侑李小姐會去外面教鋼琴。」

「啊？什麼意思？」

侑李小姐像現在這樣僱用店員時，好像都會去其他的音樂教室當鋼琴老師。外面的鋼琴教室薪水很高，所以就算這裡僱了店員還是有賺頭。

「那乾脆關了這間店，專心去教鋼琴不就好了？」

「侑李小姐應該想要留著這間店吧，因為這裡的唱片都是她那個死於發光病的丈夫留下來的。」

我臉上的表情沒有半點變化。

但心裡覺得很不舒服。

暑假前的期中考我全都蹺掉了。我沒興趣去考試，根本一點都不在乎。

相對地，我一直在侑李小姐的店裡打工。

「香山，你們最近正在考試吧？」

「是啊，但反正我不想要學分。」

侑李小姐露出無法理解的表情，打了個哈欠。

「要偷懶也要懂得技巧。你知道嗎？我們隔壁第三間是賣上課筆記的，那裡的老闆也是我們的常客。」

「妳感覺是個很認真的人，有時說話卻很狡猾呢。」

「我看起來就是很認真啊。」

的確，侑李小姐儀態得體，言行舉止感覺都很認真，即使她已經是成年人，還是很適合形容為「優等生」。

「我到高中為止確實都很認真，但後來膩了。」

這是膩不膩的問題嗎？

「要懶惰到什麼程度才會被罵呢？只要外表和表面上的行為維持一定水準，懶惰一點也不會有人說什麼，所以我就墮落了。」

「我連裝個樣子都覺得懶。」

我打著哈欠，蹺起二郎腿。「真想睡。」我不是在跟她說話，而是自言自語。

「你這樣出社會以後會很吃虧喔。」

「我才懶得管咧。」

我想起學期初自己還比較認真上課的時候，老師站在講台上說過的話。老師一副無精打采的樣子，一定是客座講師。

『生活該像在過最後一天，學習該像長生不死。』

他一開始講課就對學生說了這句話。能這樣生活的人，大可儘管去過這種生活，但我覺得自己什麼時候死了都無所謂。

這不是指我努力讓自己活得毫無遺憾。

而是我對自己沒有任何期待，就算現在突然死去，也沒有放不下的事物。

我把角落那張椅面有臀形凹陷的山毛櫸椅子拉過來坐下。我一坐下侑李小姐就站起來，從架上取出唱片，把店裡播放的音樂換掉。或許她是會依照眼前的人來選擇音樂的那種類型。

「香山，你不會留級吧？」

「或許會喔。」

「你的將來真令人擔心。」

我突然注意到侑李小姐戴在耳上的耳環。她會戴這種東西啊？

「沒關係，我可以去當小白臉。」

「這樣啊，原來還有這一招。」

侑李小姐一臉佩服地說道。

「不過把小白臉當成人生目標真的好嗎？」

「再好不過了。」

「這樣你就不是自己人生的主角。」

「那我要立志成為小白臉主角。」

「比起好萊塢，你應該更想選坎城吧。改天我介紹一個人給你。」

「女人嗎？」

「我認識的小白臉。你的學長。」

什麼跟什麼啊？

「這種垃圾還是封鎖了比較好。」
「真過分，那可是我大學時代的朋友呢。」
「你會被垃圾傳染的。」
「我本來就是垃圾，倒不如說是我傳染給他吧。」
她說這話是認真的嗎？侑李小姐說起話沒有成熟大人的感覺，像個尚未長大成人的孩子。比起她說的話，我更想相信她外在給人的印象，就是這樣才麻煩。
「妳是個認真的人，所以才會覺得當垃圾是一種浪漫。」
「你的意思是你才是真正的垃圾，而我是裝出來的？」
我覺得有點煩，所以沒有再回應。侑李小姐在這段期間泡了兩杯咖啡。
「妳有男友嗎？」
「沒有吧。」
「不想交一個嗎？」
「不太想。」
「為什麼？」
這次輪到侑李小姐露出厭煩的表情。

「我有必要為了交男友而交男友嗎？」

「我是不知道啦，但我也沒有想過要交女友。」

我想了一下，又補充一句：

「就算不打算交，還是有可能交到。不過那應該不是因為喜歡才交往的。」

「喜歡一個人很麻煩，和不喜歡的人交往更麻煩。」

侑李小姐恍惚地仰望著半空中，像是想起某個具體的人物。我懶得去追根究柢，而且我也想起自己的過往。

「不過你還沒到怕麻煩的年紀吧。」

「無所謂啦。勉強自己和麻煩的對象認真交往是不誠實的。既然都是不誠實，那就乾脆誠實地面對自己不誠實的一面還來得比較誠實。」

「我聽不懂你在說什麼。這只是文字遊戲吧。」

要怎樣才能認真聽別人說話呢？我完全抓不到認真起來的契機。或許我的人生中有過好幾次變得認真的機會，但都錯失了。一旦錯過，就很難再找到改變自己的時機。人很難在自己想要的時機點改變。

6

到了暑假，我突然發現自己近來都沒有離開過大學附近一帶。沒有打工的日子，我去了市中心，但發現自己根本不知道要做什麼。

想想自己難得來到東京，就用手機搜尋岡田的住址。需要搭幾站電車，大概十五分鐘的路程。坦白說，我有些猶豫，不知道該不該去見岡田。想到自己做什麼都是半吊子，我就不想見他了，但結果我還是傳了LINE給岡田。

我和他相約在他家附近的居酒屋喝酒，我們明明好久不見，我卻沒什麼話好說，所以我問岡田：

「讀醫學院很忙嗎？」

「普普通通啦。」

岡田嘴上這樣說，表情不知為何卻很憂鬱。此時我突然很想問岡田：「你也看到那個了嗎？」但我問不出口。

「你呢？大學有趣嗎？」

「怎麼可能？」

我嘆著氣說。

「我最近覺得自己活得好膩。」

「你這樣說是要叫我怎麼接話？」

「我大概會休學吧。」

「那你休學之後要幹什麼？」

「總是會有事做的。」

「或許吧。」

總覺得岡田看我的眼神有點冷淡。為什麼他用那種眼神看我？

「岡田，你交女朋友了嗎？」

「這不重要吧。」

「是不重要。」

結果我們直到最後都聊不起來。

和岡田道別後，當晚我一直覺得很煩躁，但也不知道自己到底想不想靜下心。

我閉上眼睛、蓋上被子、放空腦袋，過一陣子，意識又清醒過來。

此時我突然想到。

有一天我會像這樣死去。

如同融化在虛無之中。

其他人到底是怎麼克服這種空虛的呢？

出生、生活、死去，意識化為虛無，對一切都不再有知覺。我不知道要如何接受這種無情的歷程。

喉嚨好渴，但是家裡沒有任何飲料，我又不想喝自來水，於是穿上拖鞋出了門，打算去便利商店買飲料。走到半途，突然遇到一個熟人。

是聲。

現在是凌晨兩點多，一個小學生怎麼會在這種時間跑出來？我覺得很疑惑，又沒辦法裝作沒看見，因此對她問道：

「妳在做什麼？」

侑李小姐怎麼會放任她在這種時候出門？

「散步。」聲看著我，不耐煩地回答。

然後我和聲並肩走著。

「喂，幹嘛啊？」

聲說道，但語氣並不重。我們的步伐距離不同，她落後之後又追上來，和我並肩行走。

「你和我走在一起，看起來就像是在誘拐小孩。」

聲的話中帶著奇怪的顧慮。

「你最好趁著還沒被警察抓走之前走開。」

我根本不當一回事，只想笑一聲敷衍過去。

「這不重要。重要的是妳出來以前有告訴侑李小姐嗎？」

「怎麼可能說？沒事的，媽媽一向睡得很熟，不會突然醒過來。」

「妳喔……」

「香山，你喜歡我媽媽嗎？」

「還好。」

不算討厭。

「那是喜歡囉？」

我也不清楚。

「既然你不喜歡我媽媽，為什麼要跟她睡覺？」

「有很多理由啦。」

沒辦法隨便敷衍過去的對象很麻煩。要認真面對這種人太沉重了。

聲或許對我有些期待。這種事不會有簡單明瞭的答案，那只是孩子天真的誤解。小孩經常問「為什麼」，我也不知道那是為什麼。

「我以前問過媽媽『爸爸去哪裡』，媽媽說『他變成星星了』，但我覺得媽媽在騙我，所以我查了書本。香山，你知道嗎？人死了以後會再去投胎喔。」

「喔？這樣啊？」

雖然我心裡想的是「少蠢了」，但是這樣回答比較省事。

「你不知道啊？這叫輪迴轉世，人死了之後會投胎變成另一個人。」

我心想，真是滿口蠢話。

「所以，我爸爸一定活在世界上的某個地方。」

聲笑著這樣說。

「我真想見見重新投胎後的爸爸，但是爸爸已經沒有以前的記憶，所以他現在不記得我。為了不讓爸爸困擾，我要去找他。」

對於已經活到某個年紀的人來說，小孩子說的話很麻煩，毫無意義，而且愚蠢至極。我不知道要怎樣才能和聲正常對話。看來我在不知不覺間已經忘記自己小時候的心情。

「妳找到爸爸之後要怎麼做？」

如果我現在突然說「其實我就是妳爸爸」，不知道會怎麼樣？

「我還沒想過。」

聲愣愣地說。

「妳有什麼話想對他說嗎？」

「你有嗎？」

「啊？」

「如果見到已經死掉的人，你想說什麼？」

被她這麼一問，我思考了一下。我想說什麼呢？我想起了已死的人。他們都還保持年輕，只有我繼續成長。

「我身邊沒有人死過，所以我也不知道。」

「這樣啊。」

聲沒有再問我什麼。

聲說「不要跟我媽媽說喔，約好了」，要我對她深夜外出一事保密，但我才不想遵守和小孩之間的約定。

「侑李小姐。」

打工的時候，我就向侑李小姐打小報告。

「我看到聲在半夜跑出去。」

侑李小姐一臉驚訝地說「又來了嗎」。

「她以前也常常這樣。」

侑李小姐盯著地板，喃喃地說：「怎麼辦？真可怕。」

「狠狠罵她一頓？」

「我從來不罵她的。」

「為什麼？」

「當然是因為愧疚啊，各方面都是。」

為什麼說是「當然」？

「因為我是這個樣子，聲才會變成那樣吧。」

「這種時候妳幹嘛還顧著反省啊，一般來說，小孩子半夜獨自跑出去可是很危險的事耶。」

「也對。我明白了。」

說完，侑李小姐朝著店的後方呼喊，把聲叫過來。

「聲。」

「幹嘛？」

被叫出來的聲板著臉站在侑李小姐面前。

「妳以後別再半夜偷跑出去了。」

「我才沒有。」

「香山都跟我說了。」

聽到這句話，聲很乾脆地認栽，回答「好啦」，然後狠狠瞪我一眼。聲又說：

「我可以走了吧？」不等侑李小姐回答就跑回去。

侑李小姐深深地嘆氣，趴在放著收銀機的櫃檯上。

「我真是個沒用的媽媽。」

我並不想安慰她「沒這回事」。

「香山，我可以拜託你一件事嗎？」

「不要。」

「我什麼都還沒說耶，你先聽聽看嘛。」

我覺得越來越麻煩，很想快點逃走。最好不要繼續留在這裡，不要繼續和侑李小姐或聲有任何牽扯。如果再跟她們牽扯下去，一定會發生不好的事。

「你能不能幫我教訓一下聲呢？」

「不要，我懶得訓話。」

「可是她都不聽我的話啊。」

我沒有義務幫忙她這種事，也不想做這種事，最重要的是，我根本不知道該怎麼教訓她。

我回家時，聽到一個小孩的腳步聲從後面追來，轉頭一看原來是聲。

「香山，你這個叛徒。」

「我又沒答應妳不會背叛。」

「虧我還這麼相信你。」

「誰叫妳要相信我。」

我想著「煩死了」又繼續走。和聲說話真煩。

「我說啊，妳也太任性了吧。」

我這麼一說，聲就露出愕然的表情。

「妳可別以為每個人都會擔心妳。」

我冷冷地說道。

「上次我對妳說謊了。」

「什麼事？」

「我身邊有死過人。兩個。」

「是誰？」

我答不出來。

後來我自己一個人走著，聲沒有再跟過來。

馬路對面有個長髮女人，身影看起來很熟悉。我大喊著「等一下」，急忙跑了過去。一輛卡車開過來，我驚嚇地停住腳步，下一秒鐘，那個女人已經消失在人群中。

7

幾天後，我又看見聲半夜在街上遊蕩。我有點猶豫，其實大可以不管她，但她看起來毫無戒備，我忍不住想訓她幾句。

「妳快點回家吧。」

聲坐在車站前的花圃邊緣看著手機，我一叫她，她就厭煩地抬起頭來。

「不用你管。」

「小學生，妳等一下會被輔導員抓走喔。」

我試著跟她講道理。

「無所謂。」

「侑李小姐呢？」

「唔，她應該會說些什麼吧。」

聲看著半空，像是想起了往事。

「以前我不聽話，媽媽想在我睡覺前用繩子把我綁起來，我死命掙扎，大叫『虐待兒童』她就嚇到了。她完全沒有身為母親的自信。」

我心想，這種小孩真討厭。我坐在聲的旁邊瞪著她。

「妳的目的到底是什麼？故意要讓她擔心嗎？」

「你是在小看我嗎？」

「是啊。」

「我不想待在家裡，媽媽很可怕。」

「她哪裡可怕？」

「不是那樣啦，是另一種可怕。」

聲露出「你懂吧？」的表情。聽她這麼一說，我也覺得侑李小姐確實有些可怕。

「那我走了。」

我又想到不該跟她牽扯太深，於是站了起來。

「你還真是不負責任。」

「這又不是我的責任。」

責任跟我沒有半點關係，我隨時隨地都在避免讓自己背負任何責任。

我正要走開，聲卻跟了過來。

「妳幹嘛？」我煩躁地問，聲就若無其事地說「我本來就要去那邊」。

「別人看到我們在一起，一定會覺得我被你誘拐了吧？」

「我哪有那麼可疑？再說，像妳這麼煩人的小孩才沒有人想要誘拐咧。」我不屑地說道，聲卻用強硬的表情說「你來誘拐我嘛」。

「這樣我就會變成罪犯了。」

「不是很帥嗎？」

「會嗎？」

「比死了更帥一點。」

「但是犯了罪的主角多半都會死啊。」

「也是。」

我突然覺得，自己三更半夜和小學生一起無精打采地散步到底是在搞什麼鬼。

「你考慮一下吧，誘拐的事。」

聲最後丟下這句話，乖乖回家了。

「聲這麼親近你還真是稀罕。」
隔天晚上，我在侑李小姐的家裡吃著橘子。
「她哪裡親近我了？」
她們家裡沒有電視，所以晚上很安靜。
侑李小姐躺在地板上，兩腳朝天舉起不停搖晃。這是什麼？美容操嗎？或者只是隨便動一動？我總覺得應該是後者，心中有些煩躁。
「侑李小姐，妳要拿出威嚴來啦。」
我不滿地說道，侑李小姐面無表情地看著天花板說：「我可能會因天天憂鬱而死掉。」
「我想受傷應該不是妳一個人的特權吧。」
「我偶爾會覺得放火燒掉這個房子也不錯。」
侑李小姐停止了那不端莊的動作，閉眼躺在地上。這姿勢像是個死人。
「幹嘛說這種話？」
侑李小姐沒有回答，只說「你陪聲一起玩吧」。

結果我就得在聲半夜跑出去時陪著她了。

「香山，你活得自由自在的，很帥耶。」

我們走在一起時沒有持續聊天，而是有一搭沒一搭地說著話。我們走在同樣晦暗的夜路上，對話也很沒意義，搞不清楚話題是何時中斷、何時繼續下去。

「沒這回事。」

「你連大學都不去。我還會乖乖上學呢。」

糟蹋人生感覺很愉快。與其活得認真，我覺得活得不認真還比較誠實一點。

「真希望你永遠都這麼帥，千萬別變成奇怪的老爺爺。」

「等我老了以後一定會變成奇怪的老爺爺。」

「那就在變成老爺爺之前先死掉啊。」

她的語氣彷彿在說：「你連這麼簡單的事都不懂嗎？」

「聲，妳對自己也是這麼想的嗎？」

「我？我希望能在二十幾歲的時候死掉。」

聲意興闌珊地打了個哈欠。我心想，既然覺得睏就回家啊。

「人們常說『再這樣下去的話，長大以後會很辛苦喔』，或是大談生活和現實什麼的，教我要怎樣成長為像樣的大人。所以我想說，如果在長大以前死掉，就不用變成大人了。你也可以這樣做啊。」

「我應該會活下去吧。」

有些人在長大成人之前就生病死掉了，也有一些人即使不生病也不會長大成人。從某種角度來看，我還滿想成為那樣的人。

我在大學教室裡用藍牙耳機聽著音樂。

「看你一臉鬱悶的樣子，是失戀了嗎？」

我抬頭望去，是香奈站在旁邊。

「怎樣？被我說中了嗎？」

我覺得很煩，什麼都沒說。香奈摸摸我的耳朵，像是要摘掉我的耳機。

「別煩我。」

我不高興地說道。

「為什麼你每天都過得這麼痛苦？」

聽到這句話，我有點吃驚。

「我看起來很痛苦嗎？」

「嗯，你好像隨時會死掉的樣子，死字都寫在你的臉上。」

香奈深深嘆氣，一副拿我沒辦法的樣子。

「我或許該認真交個女朋友。」

我說出突然想到的話，她沉下臉來。

「為了得到救贖而想找個女朋友來利用，你這想法太糟糕了。再說，你也交不到女朋友。」

「為什麼？」

「因為你不談戀愛啊。」

「我當然會談戀愛。話說戀愛是什麼？」

「我也不知道。」

我突然有一種奇怪的衝動。就像給快不行的人施打的嗎啡一樣，對於遲早會死的人來說，這或許像是能讓人忘卻一時痛苦的藥物。

「妳有空嗎？」聽到我這麼問，她開心地回答：「是還挺有空的。」我現在閒得很，正在思索要做什麼，所以就試探地問：「可以去妳家嗎？」她回答「好啊」，所以我就跟她回家了。

香奈住的是普通一房一廳的套房，屋裡收拾得很整齊，她應該很愛乾淨吧。沒想到她這麼有女人味，讓我頗為意外。不過這種意外的感覺一下子就變得無足輕重，我對這意外的感覺已經厭倦了。

我一一觀察著她房裡的東西。香氛的瓶子，書櫃裡放著裝潢和美食的書籍，男性偶像的團扇，枕頭套大概是Marimekko的。

「可以抽菸嗎？」我這麼一問，她就指著窗外說「去陽台抽」。

我邊想著好麻煩邊走到陽台。風比我想像的冷，讓我有些嚇到。她給我一個空的寶特瓶，大概是讓我用來當菸灰缸吧。

抽了幾根菸之後，腦袋開始變得空白。我想傳ＬＩＮＥ給侑李小姐，結果還是沒傳，重寫幾次之後就放棄了。

我每次操作錯誤，便會搖一搖 iPhone 還原，但這次在一再搖晃 iPhone 的過程中就放棄了。

接著，我開始搖晃自己的腦袋。

這時香奈在屋裡叫我。她叫了好幾次「喂」，但我都不理她。
我邊打哈欠邊抽菸，唱著 PISTOLS 的歌。
回頭一看，香奈把陽台門鎖了起來。
「喂，別鬧了。」
我敲打著窗戶，但她似乎想要報復我，完全不理會我的叫喊，只顧著看電視。她的表情冷到讓我心驚。
我從陽台隔著玻璃窗看她，感覺好像在觀賞小劇場的戲劇。平凡大學生的生活。
我對這種景象很厭惡，用力踢著玻璃窗，但香奈還是毫無反應。既然她不停止，我也不會停的。我持續踢著玻璃窗，心中的感情逐漸高漲，最後使勁踹出一腳。
玻璃應聲碎裂。
「你幹嘛啦！」
香奈傻眼地說。
我沒有回答，逕自走出房間。

離開香奈的住處後，我直接去了侑李小姐的唱片出租店。

並沒有懷著什麼期待。

侑李小姐在店裡，一個人顧店。

「侑李小姐，我很喜歡妳。」

聽到我這麼說，侑李小姐露出訝異的表情。

「我也很喜歡你啊，你是個好孩子。」

「別跟我裝傻了。」

侑李小姐露出困惑的表情。

「你突然一臉認真地說這種話，是要我怎麼辦啊？再說……」

侑李小姐彷彿想起了什麼。

「我經常看到你和女生走在一起，你應該不缺女人吧？」

「我不是那個意思啦……侑李小姐，妳有男朋友嗎？」

侑李小姐嘆一口氣。

「說出來不會嚇到你吧？」

我有一種不好的預感，就回答：「說不定會嚇到。」

「我和你一樣。」

「什麼一樣？」

我問出這個問題時，突然想到某個答案，眼前頓時一黑。

「我有很多。」

侑李小姐詭異地笑著，同時張開雙手，彷彿在說她男朋友的數量和手指一樣多。

「呃……嗯。」

我自己明明也是這種人，為什麼會如此震驚？

「沒關係，無所謂。」

「說什麼沒關係，我交多少男朋友又不需要經過你的許可。」

「我沒有那種意思。」

侑李小姐轉開視線說：「該怎麼辦呢？我好像特別容易吸引小弟弟呢。」她用食指頂著下巴，沉思似地喃喃說道。

「我看你還是早點回家吧。」

這句話令我十分尷尬，不知怎地感到很羞恥，立刻離開了店裡。

回到家裡躺下來後，岡田打電話過來，我充耳不聞，隨即又收到他傳來的LINE，我用隱藏已讀的方式看了內容。

他邀我一起去為渡良瀨真水掃墓，我回答今年不去。

『岡田，你一個人去吧。』

我也不知道自己為什麼要這樣說，但總覺得老是跟岡田一起去似乎不太對。

我和她之間什麼也不是，所以我覺得自己應該慢慢地淡出才對。

我想讓岡田一個人盡情哀悼她，但懶得解釋太多，所以什麼也沒說。

又過了幾天，侑李小姐把我找出去。

「聲的運動會快到了。」

「是喔。」

我沒興趣，也不想讓她覺得我有興趣。

「你可以代替我參加嗎？」

她提出這個要求時，已經事先設想過我會回答「突然說出這種話是要叫我怎麼辦啊」，所以更難應付了。

「妳不能找其他男人去嗎？」

我覺得自己好像被侑李小姐牽著鼻子走。

「大家都沒空嘛。」

「我也沒空啊。」

「你今天來打工之前在做什麼？」

「讀書吧。」

「一聽就知道是假的。你一定是在睡大頭覺。」

她塞給我一張運動會的通知單，上面寫著家長接力賽。事情越來越奇怪了。

「你就假裝是她親戚的大哥哥吧。」

我看著那張通知單，覺得侑李小姐像是在給予某種考驗，讓我覺得很排斥。

「需要給你鐘點費嗎？」

聽侑李小姐這麼說讓我有點生氣。我回答「才不要」的語氣比自己想像的更加粗魯。

雖然很不甘願，但運動會當天我還是站在起跑線上。叫家長來跑步有什麼好玩的？這種興趣真是莫名其妙。

旁邊的大叔突然在我耳邊問：「你和侑李小姐睡過了嗎？」

「啊？」

我猛然瞪著他看。

「沒有啦，只是覺得有點奇怪。」

我沒有回應，而是嘖了一聲。

「那個女人似乎很好色呢。」

我火冒三丈，掄起拳頭就朝那個大叔的眉間砸去，但他擋住了我的手。

「關你屁事！」

接著我提起膝蓋朝他的胯下猛力撞去。這次被我踹中了，大叔痛得叫不出聲。

「噁心的傢伙。」

在我丟出這句話的瞬間，槍聲同時響起，我開始奔跑。我想起了以前和哥哥比賽的回憶，速度逐漸加快。

我理所當然得到第一名。

無聊的賽跑結束後，我漫不經心地找尋聲的身影。

穿著體育服的聲，坐在離運動會場地很遠的校舍後面的長椅上。她拿著賽跑鳴槍用的槍，不知是從哪裡拿來的還是偷來的，而且這把槍正塞在她的嘴裡。

「妳在幹嘛？」

我一臉受不了地坐在聲的身邊。

「我看到了喔，你很帥。」

聲把槍從口中拿出來，淡淡地說道。

「還好啦。」

我不知道該怎麼回答。

「跑得快也沒什麼用。」

「你踢得很好。」

她到底看到了多少？我雖想知道，卻沒有問出口。

「香山，你喜歡我媽媽嗎？」

「我也不太確定。」

我幹嘛對一個小學生回答得這麼認真？

聲邊用手指轉著槍，邊喃喃說道：

「大家都因為我是小孩而不把我當作人。還是說，我真的不是人呢？我只是不講出來而已，其實全都看得見。」

然後聲把槍對著天空，扣下扳機。爆炸聲響起，這聲巨響震得我耳鳴。遠方傳來人群騷動的聲音。

「妳白痴喔。」

聽我這麼說，聲開心地笑了。

8

「對了，聲最近看起來怪怪的耶。」

晚上我和侑李小姐兩人在一起時，她這麼說。我心想，聲不是一直都很怪嗎？

「我要出遠門一趟，有點擔心她，你能不能來陪她？」

「我說啊……」

聲出現了。我不知道她是從什麼時候開始站在旁邊聽的。

「不需要。」

聲說這句話的時候面無表情，讓我開始有些猶豫。

「你看，她真的怪怪的吧？」

跟我說這個有什麼用？我摸摸床單，靜電閃起，黑暗的視野中頓時出現一絲光芒，立刻又消失。

「拜託啦。」

「我就說了不要嘛。」

我稍微加重語氣，但侑李小姐毫無反應，像是左耳進、右耳出似地打一個哈欠。這動作和聲一模一樣。

「我已經說了你不用來啊。」

隔天，我用侑李小姐借我的備用鑰匙進入屋內，等著聲回家。她一進家門就不領情地丟出這句話，不看我一眼走向洗手台。洗手的聲音傳來。

「我也不想來啊。」

我又不擔心妳。

「香山。」

聲回來，一臉無趣地問我。

「人為什麼會死？」

「不為什麼，該死的時候就會死。」

我躺在沙發上仰望著聲。

「不死是不是也不太好？」

「妳問我也沒用啊。」

「那我該去問誰？」

我沒有回答，本來想滑手機卻發現手機沒電了。

「不管妳去問誰都不會有答案的。」

我無可奈何地回答。

「這種事只要不去想就好，大家都是這樣做。這世上多的是能讓妳轉移注意力的東西，妳可以像個小孩一樣用手機看看 Youtube，或是做做史萊姆。」

「多管閒事，笨蛋。」

聲配合我的高度蹲下來，瞪著我看。

「妳講話太粗魯了。」

「我很空虛啊。」

一臉認真和小學生互瞪的我實在太滑稽，我忍不住笑出來。

「說起來我也很空虛。」

幹嘛跟一個小學生認真啊？

「媽媽從來不把我當成人看。」

「沒這種事。」

我嘴上雖然這麼說，但其實什麼都沒想，只是下意識地如此回答。

「大家對小孩說話都會有所保留，彷彿把小孩當成另一種生物，而且媽媽很不喜歡我不像個小孩。」

「像是哪些地方？」

「譬如說，我一說想死，媽媽就會生氣。我講到上床兩個字她也會生氣。」

「那是當然的。」

「你也不像大學生呢，完全沒有那種閃閃發亮的感覺。」

「是啊。」

反正我就是這麼灰暗嘛。

我有一種預感，閃耀青春之類的東西絕對不會再次出現在我的人生中。

「香山，你的心為什麼這麼死氣沉沉的？簡直和我媽媽一樣。」

對於她這個問題，我並不是毫無頭緒。

「如果人要死了，心就會從根部爛掉。」

「是喔。」

聲無力地往後一倒，躺在地板上，然後抬眼看著我說「這是模仿媽媽」，晃動著雙腳。我只是當作沒看到。

晚上侑李小姐打電話回來。

『對不起，我今天不能回去。』

這句話背後的意義引發我無限的幻想。我急忙打住，不滿地說：

「妳能不能多考慮一些事啊？」譬如聲的事。

被我這麼一念，侑李小姐只道歉說「對不起」，然後說了「拜託你今晚留下來」

這句大有問題的發言。

「為什麼妳可以只顧著自己的事？」

『別講得你好像很了解我似的。』

電話隨即被掛斷了。

「我肚子餓得咕嚕咕嚕叫。」

我搔搔頭，問道：「要煮泡麵嗎？」

「我不想只吃泡麵。叫壽司好了，來吃壽司泡麵。」

「哪來的錢啊？」

聽到我反對，聲露出自信十足的微笑，打開抽屜拿出一個信封，給我看看裡面。

「這裡有的是錢。」

信封裡有一大疊萬圓鈔。錢都存在家裡。

我心想，這也太輕率了。

結果我用那些錢叫了壽司外送，又煮了一包泡麵，兩人分著吃。真的是壽司配泡麵，詭異的晚餐。吃完以後，聲說「真無聊」。

「啊，對了，要喝酒嗎？」

聲指著房間角落，我轉頭一看，發現有個酒櫃。聲說「那是爸爸的遺物」。我心想，這種東西早該丟了。

「妳差不多該去睡覺。」

我這麼一說，聲就叫著：「睡不著啦！」煩死了，小孩真難應付。

「乾脆把床當成跳床來玩吧。」聲露出邪惡的表情說道。「媽媽在家的時候是沒辦法玩的。」

「隨妳高興。」我想要抽菸，但是當著聲的面還是讓我有些猶豫。

「喂……喂！到幾歲為止算是小孩啊？」

「我哪知道。」

「小孩要到幾歲之後才可以不用像個小孩呢？」

「妳想立刻成為大人也行啊。大人小孩什麼的只是文字遊戲。」

我也不是很確定說出這種話的自己算是大人還是小孩。

「唉，真鬱悶。明天還要上學，後天也要，再隔天也要，再隔天的隔天也要，再隔天的隔天的隔天的隔天的隔天也要！我真想早點當上大學生，就可以像司那夫金或你一樣活得自由自在。」

「自由才沒有那麼好。如果什麼都可以做，就會發現人生之中其實沒有一件事好做，只會令人倦怠。」

「真空虛～你是因為發生了什麼事才變成這樣嗎？」

「別管這些，妳差不多該洗澡睡覺了吧。」這傢伙真是煩死人了。

我們輪流去洗澡。聲先洗，然後我再去洗。等我出來以後，卻不見她的蹤影。

「聲……？」

我在屋裡四處找尋。她想跟我玩捉迷藏嗎？我連衣櫃裡都找過了，還是找不到她。

聲不在屋裡。

開什麼玩笑？

我嘆一口氣，穿上鞋子出門。

我在夜裡奔跑，車聲不斷盤旋在耳裡。我突然想到岡田的姊姊在葬禮上哭泣的表情。我心想，我關於葬禮的記憶似乎很多。

不知不覺間，哥哥在我身邊一起奔跑。我認真地和他比賽，但一次都沒有贏過他。他甩開我，自己先跑走了。這彷彿是個不祥的徵兆，讓我打從心底覺得生無可戀。

為什麼我要幹這種事？大可丟著不管的。

聲究竟去了哪裡？

我只能依次找尋過去在半夜看過聲的地方，但不管怎麼找都沒有看到聲的身影。既然是小學生就該乖乖待在家裡嘛。到處都找不到聲讓我很煩躁，遠方救護車的聲音聽起來格外令人心驚。我心想，當父母還真辛苦，我以後絕對不要結婚。

我找累了，坐在附近公園的長椅上。這件事跟我無關，我不需要負任何責任。可是，真的是這樣嗎？

「香山。」

回頭一看，聲就在那裡。

我用力嘖了一聲，用手摀住臉。

聲在我的身邊坐下。

「怎麼了？」

「我說妳啊……」

我一方面覺得很火大，一方面又脆弱得說不出一句有意義的話。

「妳不喜歡待在家裡嗎？」

「死掉的爸爸在那裡。」

「這世上沒有鬼啦。」

「我不是說我看得到他或是能和他說話，而是覺得爸爸的氣息還像鬼魂一樣留在家裡。」

我很離奇地聽懂了聲的意思。人死去以後，只有「氣息」還會留在家裡。只有氣息殘留，那個人已經不在了，所以令人不知道該怎麼面對。

「我沒有什麼積極的話語可以鼓勵妳。」

「不需要，那種話最討厭了。什麼每個人都過得很辛苦啦、要幫已死的人在有限的生命中好好努力啦，那種噁心的話我才不想聽。」

「就是啊。」

她死了以後，我一直很空虛。

為什麼我會每天都活得這麼空虛呢？

沒辦法積極向前邁進，也不想向前邁進，總覺得繼續往前走就是背叛了她。

「香山。」

聲叫道，我沉默不語。

「不管我去哪裡、不管我做什麼，都覺得好空虛，該怎麼辦呢？」

我試過不誠實地活著，彷彿要對全世界復仇，結果還是回到空虛之中，完全不知道要怎麼做才能從空虛之中解脫。

「無所謂吧。妳和我都沒必要去想那麼複雜的事。」

真的是這樣嗎？

這就是現在的我，像一個被丟棄的寶特瓶，徒然漂浮於黑暗的海洋。

後來我什麼話都沒說，靜靜等著聲的心情平靜下來。接著我們一起回家，我把墊被鋪在聲的旁邊，和她一起睡下。我覺得在夢中或許能見到死去的人，但這一晚並沒有作夢。

遠方傳來的對講機聲音和開門聲把我喚醒了，聲似乎也同時醒來。我不理會說著「好睏」的聲，拖著倦怠的身體走到門邊。

「早安。」

站在門口的是侑李小姐，還有一個男人。
那人大約四十幾歲，眼神十分柔和。
「這是誰？」此時來到門口的聲對侑李小姐問道。
「我打算和這個人結婚。」
侑李小姐如此回答，我和聲都僵住了。
「隨妳高興。」
聲嘆一口氣，轉過身獨自走進屋內。
「連我都覺得這樣不太對。」
我丟下這句話，轉身跟著聲離開。
「我沒辦法繼續跟媽媽待在一起了。」
聲一面說「這個家要解散了」，一面迅速地收拾東西塞進背包。
「妳想幹嘛？」
「當然是離家出走。」
「還是放棄吧，反正妳遲早要回來的，那樣就太遜了。」
「我知道。」

「那就好。」

聲收拾完行李，用力握住我的手說：「好，走吧。」

「等一下，這樣太奇怪了吧？」

我真痛恨這種被迫扮演正常人角色的狀況。

「為什麼？」

「妳還問為什麼？」

聲依然拉著我走下樓，站到侑李小姐面前。

「聲，妳好好聽我說嘛。」

「我不想聽。再說，應該好好聽人家說話的是媽媽。」

「為什麼？我們以前都……」

「我以前也沒有滿意過媽媽的作為，只是這次沒辦法再忍下去了。」

「我說啊……」

「吵死了。」

「現在是妳的音量比較大吧？」

「我要走了。」

「那就走啊。」

看到侑李小姐這種擺爛的態度，我不禁心想：「真的假的？」

「再見。」

聲說道，走出門外。

「香山，謝謝你。」侑李小姐說。

謝我什麼？啊，對了，應該是謝謝我幫她照顧孩子一天吧。她的確應該感謝我，想到這裡我就生氣。

「我也沒辦法再跟妳相處下去了。」

我坦白地說道。

「不跟別人相處也無所謂啊。」

「到底為什麼會變成這樣？」

「我已經累了，什麼都不想在乎。認真顧慮別人太辛苦了。」

既然是個成年人，就不該這麼任性妄為吧。

「蠢斃了。」

我不想繼續跟侑李小姐對話，離開了這間屋子。

走到外面，我找尋著聲，卻沒有看到她。

小孩真可怕。看起來好像把話聽進去了，其實只聽了一半；腦中想什麼事情都不說出來，只是裝出一副被說服的樣子，心底卻藏著一大堆怨言。

我找了一陣子，最後在車站的售票處找到聲。

「妳在幹嘛？」

我不耐煩地問。

「香山，我有錢，也帶出來了。」

聲邊說邊從背包裡拿出幾張萬圓鈔，像扇子一樣攤開搧著。

此時我的手機接連響起。會傳ＬＩＮＥ給我的人並不多。像我這麼懶惰，當然是把女人們叫來家裡，過著糜爛的生活。我就送聲到這裡吧，再也不要跟她扯上關係了。

「妳要去哪裡？」

我向聲問道。

「去熱海泡溫泉。」

我買了兩張票，把其中一張交給聲。

這世上有人不會對每天的生活感到厭煩嗎？

我拉著聲的手走上月台時，侑李小姐打電話來了。

『香山，你知道聲在哪裡嗎？』

她似乎在找聲。

「不知道。」

我只說了這句話，就把電話掛斷。

聲有些擔心地說：「這樣我好像真的被你誘拐了。」

我心想，或許真的是這樣吧。

9

我的存款很少，但打工賺的錢都沒花掉，平日開銷多半也有女人幫忙出，所以身上還是有些錢。此外，要不是因為我對金錢想得很開，也做不出這種蠢事。

聲在電車上疲倦地睡著了。

我們轉車之後來到熱海，我用手機搜尋過夜的地方，預約了一間溫泉旅館。

在旅館放下行李後，我們坐在榻榻米上聊起天。

「活在世上就會碰到一大堆無聊事呢。」

「人生無聊是當然的。」

盤腿坐著的我躺了下來，伸展著身體。

「世上每一件有趣的事都會變得無趣，等妳開始覺得『做這種事又有什麼意義』的時候，已經病入膏肓了。」

我心想，如果說出這種話，活著大概沒有一件事不空虛吧。

「妳要去泡溫泉嗎？」

「沒興趣。」

「那妳到底來這裡幹嘛？」

「你自己去泡吧。」

「我也沒有多想泡溫泉。」

結果我們只是輪流在房裡的浴室洗澡。

聲一直在房間裡玩 Candy Crush，不停地消除手機螢幕上的糖果。這和她在家時會做的事沒什麼兩樣。不過，她在家裡若是無法放鬆的話，或許真的需要特地跑出來放鬆吧。

「香山，你很冷靜耶。」

「也不至於啦。」

「可是你看起來就是一副沒啥大不了的樣子。」

「我的內心還是很驚慌的。」

這話是騙人的，我才不在乎。

因為睡不著，我們一到夜晚就走出旅館，又開始散步。我們兩人一起走著。

「之後要怎麼辦？」

「玩到把錢花完為止。」

我們並非帶著鉅款，若是把錢花光就沒戲唱了。住宿費不是小錢，平日吃用也得花錢。

「妳不用擔心錢的問題。」

我認為這不是孩子應該擔心的事。

後來我和聲去了很多地方。我們隨便搭上一輛電車，漫無目的地坐下去，就連要往什麼方向去都沒有計畫，只是走一步算一步。

我們亂買了很多東西。聲買了化妝品，還有在夜裡用紫外線燈一照就會發光的人體彩繪顏料。我戴上了墨鏡。

沒有目的地的旅行非常輕鬆愉快，做些沒意義的事也很開心，這樣比積極進取地活著好太多了。

有時我們會一起去高級餐廳用餐，然後去遊戲中心玩，累了就住在旅館。有時我睡著以後，聲也會鑽進來和我一起睡。

這種生活過了好幾天。

搭電車搭累了的時候，聲說「我肚子餓了」，於是我們隨便找一站下車買漢堡來吃。之後聲又說「我想坐車」，我便去租車，兩人一起兜風。

「我還以為會死掉。」

下車以後，聲一開口就說了這句話。她臉色發青，十分可笑。

「你的駕駛技術真是太可怕了。」

「會嗎？」

「你是什麼時候考到駕照的？」

「重考的時候。」

「那你考上駕照之後開過幾次車？」

「這是第一次。」

聲發出短促的哀號。

我們來到賽馬場，因為聲說想要賭賽馬。當然，聲沒辦法買馬券，所以我依照她的預測幫忙買了馬券。聲都是用「名字很好聽」、「毛色很漂亮」之類的理由挑選，結果也一再落空。我們手邊的錢痛快地逐漸減少。

「最後一場，要全部賭下去嗎？」

聲從自己的背包裡拿出錢，說著這種蠢話。

「隨妳高興。」

「好，那就隨我高興。」

聲說「既然要賭，就賭大冷門吧」，選了一張不可能中的馬券。

「如果中了怎麼辦？」

「反正一定不會中。」

我如此回答，幫她買回馬券，但後來稍微想了一下。

「即使中了，我也想不出要做什麼。」

「我也是。」

賽馬場響起喇叭聲，這場競賽開始了。

「啊，能買下東京巨蛋嗎？」

「應該不行吧。」

買東京巨蛋做什麼啊？馬群奔馳在最後一段路，我們買的馬跑在最前頭。我突然覺得，自己能過個有意義人生的機率，或許像這匹冷門馬的獲勝機率一樣低吧。我也不知道，若是真的中了該怎麼辦。我們選的那匹馬被其他賽馬接連超越，落在最後面，結果這張馬券還是沒中。

「唉，怎麼辦？」

現在只剩下我手邊的存款，而且金額不多。

「既然如此，乾脆去我爺爺家吧。」聲說道。

聲已過世父親的老家在長野。聲說有好一陣子沒到見他們了，打電話聯絡後，準備前去拜訪。

隔天早上，我們搭乘新幹線前往長野。

「那我呢？」

「我沒提到你的事，你自己解釋吧。」

我輕輕嘆一口氣，望向面前的雜誌。

那是一則發光病的報導。我在車站裡的書報攤看到報導標題就買下來了。

報導說已經找到造成發光病的某種物質，有望研發出新藥。類似的報導我已經看過好幾次，但實際上從來沒聽過研究出什麼開創性的療法。每次看到這種新聞，我都覺得心情很複雜。

如果哪一天發光病不再是不治之症，我真能單純地感到開心嗎？我很懷疑，也覺得不太可能。或許我會覺得很不公平吧。

聲的親戚來車站接她，他一看到我就問：「你是誰？」

我是誰？我也不禁如此自問。

「他是住在我家附近的大哥哥。」

聲的解釋也沒錯，但總讓人不太能接受。

車子開到聲的爺爺家，我下了車，伸展身體。從車站來這裡要一個小時，距離還挺遠的。

從外觀看來，這是一間普通的房子，不是什麼茅草屋。一走進去，看到的都是滿臉皺紋的人。我最怕應付老人了。

他們對聲說的盡是「妳能來真好」、「妳長大了呢」之類的話，聲當然覺得很煩，但我更加不耐煩。後來他們沒有問我「你是誰」，但還是說了些類似的話，聲和之前一樣解釋「他是住在我家附近的大哥哥」，親戚們表現出一副「雖然不太明白但晚點再問吧」的樣子，總之有所保留地接受了我的存在。

結果我們就在那裡住下來。

我本來以為很快就會離開，但聲顯然打算長期抗戰。她是在第一天晚上看著ＮＨＫ電視台播放大坂夏之陣的歷史紀實片時決定要長期守城的。

「豐臣家最後輸了喔。」我這麼說。

聲懷抱著時空旅行者的雄心壯志回答：「我會改變歷史的。」

出現了一台不知打哪來的刨冰機，看起來不像是平時有在使用的樣子，好像只是為了符合鄉下人家的形象姑且買回來的。

聲被這形同玩具的器具引出孩童的天性，像一隻被逗貓棒挑逗的貓咪。她說著「我家都沒有這種東西耶」，一副躍躍欲試的樣子。我趕緊逃走，免得被牽扯進去，結果聲還是命令我「香山，你來做」。

「只有我一個人做就沒意思了。」

「那就不要做啊。」

我冷淡地說道，聲恨恨地瞪著我。

「妳是不是把我當成玩樂的夥伴？」

聽到我這麼說，聲一臉驚訝地回答：「難道不是嗎？」

我覺得很不高興，就丟下聲自己出門去。

因為無事可做，我只是默默走在鄉下的路上。

前方的十字路口中央站著一個我昨天才在佛壇上看過照片的男人。
我突然有一種莫名的衝動，想要揍那傢伙一頓。
侑李小姐打電話來了。當時家裡一個人都不在，所以電話是我接的。
「喂。」
我只說了這個字。
『啊，是香山嗎？』
「幹嘛？」
我的語氣立刻變得很差。
『怎樣？過得開心嗎？』
她這樣問我，我是要怎麼回答？一點都不開心。
「和平時一樣。」
『聲過得好嗎？』
「妳自己問她吧。」
我想了一下，又補充：

「就跟妳過得好不好一樣。」

侑李小姐回答：『我聽不懂你在說什麼。』

「妳有什麼事嗎？」

侑李小姐笑了笑。

『我該去那裡嗎？』

「妳不來也無所謂。」

我並沒有支持聲的意思，但不知怎地就是對侑李小姐感到氣憤，覺得她實在太我行我素。

「聲就是因為討厭妳才離開，如果妳跑來不就沒意義了？」

『你也是。』

「啊？」什麼意思？

『你也是想逃離我才走的吧？』

「妳真是煩死人了。」我想要掛斷電話了。

『為什麼你老是這麼不耐煩呢？』

侑李小姐不解地問道。

「總之妳別來就是了。」

我說完就掛斷電話，後來也沒把侑李小姐打電話來的事告訴聲。

晚上聲說「我睡不著」。我同樣睡不著，正在想該怎麼回答時，聲就從床上爬起來走出房間，我也無可奈何地跟上去。

聲拿出以前買的人體彩繪發光顏料，來到屋外。

外面都是蟲鳴聲，雖然很吵但漸漸就習慣了，心思也慢慢變得澄澈。

我們兩人一起走著。聲好像要去河邊。我抬頭仰望天空，今晚沒有月亮。

我們到了河邊，聲把顏料放在腳邊。

「香山。」

我沒有回答。

聲拉著我的手腕。

「你的身體為什麼老是這麼冷？」

我從來沒有發現過這件事。

「為什麼？從什麼時候開始的？」

我覺得自己就是這樣，沒有中斷也沒有盡頭，只是一直線。

「因為心是冷的，所以身體也是冷的。」

「別說這麼老套的話。」

我甩開聲的手，覺得很受不了。因為，這種事真的很讓人受不了。

「明明只是個孩子。」我口中這麼說，但其實知道這完全不是重點。

聲在短短一瞬間露出很無趣的表情，然後拿出顏料塗在自己的手腳上。

為什麼要這樣做？我一開始覺得很奇怪，後來就明白了。

「把這個打開。」

她把紫外線燈交給我。開燈以後，她的身體看起來就像在發光。聲是在玩模仿遊戲。

我覺得很鬱悶，不理會聲，自己走開了。

我走進高大的草叢，撥開草前進。

「喂，你幹嘛？」

我沒有理會她，逕自走著。

蟲鳴響個不停。泥土濕濕的，夏天的味道鑽進鼻腔。草拂過我的臉，但我仍毫不在意地繼續走，草汁都沾到臉上。

「香山，你要去哪裡？」

聲在背後呼喊，我什麼都沒回答。我喜歡漠視別人。此外，與其讓心情被人撼動，我寧可永遠孤獨一人。

可是，聲的手抓住我。不知不覺間，我們變成手牽著手。我走著走著，覺得心情漸漸變冷。我不可能成為保護聲的人。

「妳打算怎麼辦？」

與其跨越某些事物，然後看著它消失，我寧願永遠保持現狀。

「我現在還是很難過。」

「看到別人死去，會難過是理所當然的。」

夜晚的空氣彷彿配合著我們沉沉的呼吸而變得凝重。

「香山，你遲早也會消失。」

「是啊。」

「我不想要你消失，我會很寂寞的。」

我心想，我自己倒是覺得無所謂。

「我喜歡香山。」

突然聽到這句話，讓我有些疑惑，不知道她這麼說是什麼意思。

「我想要永遠和你在一起。」

「那是不可能的。」

「你很自由，所以我喜歡你。」

我說不出我了解她的想法。

「我也活得很不自由啊。」

「我也想要活得像樣一點。」

這種生活方式又不是我自己選擇的。

「你想要毀掉自己嗎？」

「我才沒有想那麼多。妳這樣問，讓我很困擾。」

「你不是想墮落嗎？」

「沒這回事。」

我笑著說，然後拿起聲的顏料塗在自己身上。

在紫外線燈的照射下，我的身體發著光，看得我笑了起來。

到底在做什麼啊？

隔天，侑李小姐來了。

為什麼她可以對別人的心情這麼不敏感呢？雖然我自己也好不到哪裡去，但她比我更不會考慮別人的心情。

她覺得自己受了很深的傷就能為所欲為，這種病態的思考模式我才懶得奉陪。

「回去吧。」

侑李小姐說道，聲拒絕了。「不要不要不要不要。」但這話似乎說得言不由衷，聲很快就放棄了。

「香山呢？」她問我。

幹嘛把事情推給我啊？

結果我們決定三個人一起回去。

當初開車去車站接我們的男人，向侑李小姐打招呼時的表情十分複雜。聲說「那個人喜歡我媽媽」。我心想，真是難為他了。

「說吧，為什麼做這種蠢事？」

搭新幹線回去的路上，侑李小姐如此問道。聲已經睡著了。

「很蠢嗎？」

「聲本來就經常做蠢事，但你為什麼要跟著她一起做？」

「因為我也想逃離妳，所以就逃了。」

「這是為什麼？」

「妳的遲鈍像怪物一樣會吃人。」

侑李小姐皺起臉來。

「我沒有自覺，所以不明白。」

「妳看清楚自己吧。」

「我才不管呢。」

太可怕了，最好在牽扯更深之前快點逃走。我不認為自己能平安無事，最好還是逃走。

「妳完全不去考慮別人的心情，用這種方法來保護自己。」

「怎麼可能嘛？」

侑李小姐嘆著氣說。

「事實剛好相反。」

我總覺得她只是用似是而非的話語敷衍我。

「妳一直用這種態度和人相處，到底是想怎樣？」

侑李小姐沒有直接回答，而是說：

「你覺得我有病吧？」

「或許妳真的是有病。妳有發覺這種病會傳染給別人嗎？」

「我對自己以外的人沒有興趣。」

都幾歲的人了，還說這麼孩子氣的話。

「你可以不要理我和聲啊。」

我回答「是啊」。

「我以後不會再見妳們了。」

我閉上眼睛，把身體靠在椅背上。

過一會兒，我稍微睜開眼睛，看到侑李小姐沒有表情的臉上似乎浮現淚光。開什麼玩笑啊？

新幹線在中途某站停下來。

那是我老家附近的車站。

她在玻璃窗內微笑著，好像她還沒死似的。

我拉著聲的手站起來。突然有一股衝動驅使著我。侑李小姐一臉訝異地看著我。

「抱歉，我想去一個地方，晚點再回去。」

我說完就下了車。侑李小姐似乎知道她說什麼都沒用，一臉無奈地看著我們離去。

「香山，等一下，怎麼啦？」

我走出車站，叫了計程車，說出目的地。那是一處偏僻的墓地。錢包裡還剩下三萬圓左右。

「你要幹嘛？」

我沒辦法清楚解釋自己的想法，只是覺得有一股情緒湧出。我只相信這種感覺。

我一直忽視自己的感情，假裝那種感情從來不存在，所以才會漸漸被那種不明所以的東西吞噬。

但是人都必須面對這種糾葛。

不只是要面對，而是非得體驗不可。

我一直在逃避自己的悲傷。

渡良瀨真水過世後，我總覺得自己不可以傷心。那也是應該的，岡田很傷心、她的父母很傷心，但我的角色不是傷心，非得冷靜不可。我覺得這是理所當然的，所以一直不去傷心。

我還沒開始傷心，無論是哥哥過世時，還是岡田的姊姊過世時。

如果不釋放這種傷心，悲傷永遠都會留在我的心中。

我下了計程車，去墓地之前先在書店買了靜澤聰的書，還有信紙和原子筆。長篇大論不符合我的個性，所以我寫得很短。

我把信放在她的墓前，閉起眼睛，雙手合十。

我覺得自己現在很難過，也完全釋放出來了。喜歡的人死去是很悲傷的事，就算無人回應我還是可以悲傷。我的悲傷是屬於我自己的。

「沒事吧？」

聲擔心地看著我。她拉著我的手，我用沙啞的聲音對她說「再等一下」。

我喜歡妳。

或許我如今依然喜歡著妳。

妳死了以後，我到現在還是很難過。

10

回到大學所在的市鎮後過了幾天，聲傳ＬＩＮＥ說「媽媽的樣子很奇怪」。我是什麼時候跟她交換ＬＩＮＥ的？我只回答「她一直都很怪吧」。

聲：『**她的確一直都很怪，但這次特別嚴重。怪透了，怪到極致。**』

只要有手機，就連沒學過的漢字也寫得出來呢——我看著訊息內容，邊這麼想邊出了門。

侑李小姐家的門沒有鎖，我猶豫一下才進去。外頭一片漆黑，裡面卻連電燈都不開，真詭異。她到底想幹嘛？自己一個人也就算了，可是聲明明也在家，為什麼還搞得這麼頹靡？

侑李小姐正在客廳裡喝酒。

「拜託妳成熟一點。」

「你擅自跑進我家，還自以為是地教訓我。」

酒臭味讓我覺得很討厭。

「你看不起我嗎？」侑李小姐邊搖晃邊說道。

「看不起啊。」

聲在哪裡？

「那孩子老是一副不高興的樣子。你明白嗎？」

侑李小姐朝著桌子對面的椅子說話。這模樣真是恐怖極了。

「就是啊。我每天都過得好辛苦呢。」

「喂，妳是在和誰說話？」

侑李小姐沒有看我。

「每一天都像狗屎一樣。」

侑李小姐繼續對著無人的空間說話。

「那裡沒有人啦。」

我這麼一說，侑李小姐就回答：「明明有人。」

「別再喝酒了。」

我想要拿走酒瓶，但侑李小姐又搶回去。

她已經上癮了。

「別教訓我。」

我不高興了，在眼前的椅子坐下來。

「這裡沒有別人在，現在只有我一個人。」

聞言，侑李小姐說：

「我才不需要你。」

她的聲音低沉冰冷得令人心驚。

我默默看著侑李小姐。

「去喝點水，早點睡吧。」

「別講得好像你很了解我。」

「你們在幹嘛？」

聲不知何時跑出來，一臉傻眼地看著我們。

「很可怕耶。」

我心想，的確如此。

「妳振作一點啦。」

聽到聲這麼說，侑李小姐突然恢復平時的表情。

「我會振作的。」

侑李小姐像鬼魂般說道。

「非得振作不可。」

她的表情有些恍惚。

「從明天開始非得振作不可。」

說完，侑李小姐整理一下服裝，回去自己的房間。

「謝謝你過來。」聲說道。

但我覺得一點幫助都沒有。

侑李小姐結婚的日子決定之後，我變得更加憂鬱。

我在夢中見到死去的哥哥。夢比憂鬱更方便，連不可能見到的人都能見到，真是太厲害了——我看著哥哥活生生的身影，不禁如此想著。你為什麼會在我家啊？

「活著的人有義務連死者的份一起努力。」

哥哥即使死了，還是滿口說著優等生會有的發言，讓我覺得好鬱悶。

誰理你啊，笨蛋。既然死了就乖乖留在陰間，煩死人了。

我在大學裡的體育館游泳，哥哥和我只在照片上看過的侑李小姐的丈夫也在旁邊游著。我沒有半點異常，沒事的——我如此安撫自己。

侑李小姐婚禮當天。

雖然沒有人邀請我，但我還是從聲那裡打聽到婚禮會場。聲說「我會幫忙的」。幫什麼忙啊？

我換上開學典禮時穿過的西裝，走出公寓，踩著皮鞋喀喀喀地大步邁進。

到達婚禮會場後，我心想只有我一個人這麼認真，也太可憐了吧。

我把紅包交給櫃檯。裡面放了錢，只有一萬圓，而且我寫的是假名字。那是聲告訴我的一個陌生人名字。突破了櫃檯關卡後，我感覺自己像個恐怖分子。

我進入會場，和聲會合。

「你想怎麼做？」

聲看起來異常興奮。

「要把蛋糕砸在誰的臉上嗎？」

明明是自己母親的結婚典禮，聲的表情卻充滿惡意。看到她這模樣，我反而冷靜下來。

「我還是第一次參加結婚典禮呢。」

「我也是。」

我看看周圍。

「什麼都做不了。」我放棄地說道。

我和聲兩個人坐在會場外的椅子上，看著前來觀禮的人們。

「這些人為什麼會來呢？」

「因為被叫來了嘛。」

「你的想法真扭曲。」

聲用食指點著嘴唇，搖晃著雙腳。

「香山，你有朋友嗎？」

我想了一下。

「有一個。」

「我或許沒有朋友。」

「妳看起來就像沒朋友的樣子。」

「什麼意思？」

「就算沒朋友也別死喔。」我說。

「香山，你看起來好像不想要有重要的人。」

「應該吧。」

什麼最重要啦、無可取代啦，這種東西我才不想要。

「妳有喜歡的人嗎？像是學校同學。」

我這麼一問，聲就露出困擾的表情。

「那些人看在我眼裡就像猴子或馬鈴薯。」

我笑了一下。

「那些人也是猴子嗎？」我指著某個方向。

來參加婚禮的人有不少是禿頭的大叔。侑李小姐的結婚對象就是個大叔，來參加大叔婚禮的人當然都是大叔。

「被你這麼一說，越看越像猴子。」

聲說道，然後指著遠方一位大叔，幫他配音「吱吱吱」。那個大叔正在跟其他大叔說話。我也發出「唔吼～」的叫聲，聲開心地笑了。

「會不會只是因為那些人在說話，所以才感覺很煩，不然應該還好？」她問。

「應該不是這樣吧。」我敷衍地回答。

「香山，你喜歡什麼動物？」

會是什麼呢？

「貘吧。」

「那是什麼？」

「會吃夢的動物。」

「真的有這種動物嗎？」

我對聲解釋了貘是什麼東西。

「夢好吃嗎？」

誰知道呢。總之我一點都不覺得自己的夢好吃，想必很難吃。

「既然不好吃，又為什麼要吃？」聲問道。

「我們也一樣啊，不管喜不喜歡吃，肚子餓了就要吃東西。」

「或許吧。」

「如果只能吃夢的話，肚子餓了就一定得吃。」

「你都作怎樣的夢？」

「惡夢。」

「我也是。我常常夢見爸爸。」

我們聊到這裡時，收禮金的櫃檯出現一些騷動。看來是被我假冒姓名的那個人來了，我趕緊準備逃跑。

「改天見。」

聽到我這麼說，聲有些失望地說：

「結果你什麼都沒做嘛。」

後來我還是一樣過著平凡無奇的生活。

「香山，你好像很有空耶，怎麼不去讀書呢？」聲說道。

最近聲會跑來我們大學玩，我們相約在學生餐廳裡聊天。

「讀書根本沒有意義，我才不讀書，也不想讀。」

「對你來說有什麼事是有意義的？」

這是叫我要怎麼回答？

「像現在這樣也沒有意義。很沒意義。」

「你是指和我說話？」

「嗯。」

「……為什麼？」

聲不服氣地看著我。

仔細想想，我把說話當成一種獲取某些東西的手段。我追求的不是意義，而是好處，說不定我很不擅長進行沒有好處的對話。

「總覺得……」

我是不是會漸漸地越變越糟糕呢？

「大概沒有任何人會愛我吧。」

「你是因為覺得很寂寞，所以希望有人喜歡你嗎？」

「煩死了。」

我打了一個小小的哈欠。

「我要走了，等一下還有課。」

我這麼一說，聲也跟著站起來。

我們兩人走出學生餐廳，我說著「那我要往那裡走」便要離開。不知怎地，我覺得我和聲應該會漸漸地不再見面。

「香山，要不要賽跑？」

聲突然提出莫名其妙的提議。

「為什麼？」

聲把雙手按在地上，催促我說：「好啦，快一點。」

「為什麼要用蹲式起跑？」

我邊吐嘈，邊擺出普通的起跑姿勢。

「如果我贏了，你要答應我一件事。」

「什麼事？」

「等我贏了再說。」

聲專注地盯著前方的半空中。

「如果我輸了，我就永遠不告訴你。」

「無所謂，反正我是不會輸的。」

聲沒有回答，而是說「如果我贏了，你一定要答應喔」，所以我跑得很認真，快要喘不過氣了。

聲的頭髮飛舞著，在夕陽的映照下閃閃發光。

此時我突然想到……

我死了以後，聲還會活著。

我們兩人之中一定是我先死。

我不知為何如此確信。

這個想法稍微令我鬆一口氣。

「香山。」

聲放棄地停下腳步，對我說道。

「我會一直喜歡你的。」

我在一段距離之外停下來，回答：「那真是太感謝妳了。」

「等我長大以後，跟你結婚也行。」

「我才不要。」

我揮揮手，邁開步伐。轉頭一看，聲還站在原地看著我。

「希望你有朝一日能找到愛。」

我嘆氣了。

「愛……」

「是啊。」

「希望能找到。」

「就是啊。」

我從聲的身邊走掉了。

我把耳機塞進耳裡，播放音樂。沒有歌詞的曲子傾訴著無聲的感情，聽起來彷彿在描述我的心情。

最後這無聲的衝動化為言語。

手機震動，音樂被打斷了。是岡田打來的。我什麼都沒想，直接按下通話鍵。

「幹嘛？」

我問道。

『沒事就不能打電話給你嗎？』

岡田笑著說。他本來正想說什麼，但我搶先說道：

「改天見個面吧。」

我感覺到電話另一頭的他有些驚訝。

『發生什麼事了嗎？』

「一言難盡。」

他那邊不知道在忙什麼，我聽見有人在一旁說話。『不好意思，我會再打電話給你。』岡田說完就掛斷電話。

就算人死了、就算關係疏遠了，也不會一切歸零。

我以後是不是有可能喜歡上人生這種空虛、無意義的一面呢？

我們開著租來的車。我自己也想不出來要去哪裡，或許根本不打算去任何地方。

現在明明是白天，天空卻掛著明亮皎潔的月亮。聲坐在旁邊。

「我可以繼續這樣活下去嗎？」聲問道。

我咂了一下舌頭。

車速提升，我從反向車道超過前方的車。

「喂，香山，別這樣。」

我越來越享受這種魯莽的行為。

不踩煞車，用衝的過彎。

「讓我下車。」

一輛卡車迎面而來，喇叭響起，看來似乎閃不過了。我心想，這樣也好，開始想像撞上去的情景。「快轉方向盤！」聲大叫。我閉上眼睛。有人說了句「不要死」，是誰呢？是誰都無所謂。下一瞬間，聲把手伸過來，硬是轉動方向盤。我們勉強閃過卡車。

我更用力地踩下油門。

「我還以為要死了。」聲心有餘悸地喃喃說道。

「當然會活下去。」我說道。

擁抱大海

On the beach

真想讓妳聽聽現在的海浪聲。

在妳死後已經過了很久，很意外地，我到現在依然完全忘不了妳。我如今仍然清楚地記得，連自己也覺得很不可思議。雖然我很害怕忘記，但根本沒有一天不想起妳。妳一直存在我心底的某處，就連此時也是。

在妳死後，我經常夢見妳。妳在夢中告訴我，其實妳沒有死。夢中的妳很有精神，我們一起去很多地方遊玩。醒來以後，我總是會哭泣。我並不覺得這樣很丟臉，相反地，我覺得這樣再正常不過了。

為別人的死而傷心是理所當然的，一點都不奇怪。

我想要積極進取地活下去，但這話說起來簡單，做起來不容易。我心想「好，我要加油」，好幾次這麼想，但這種事不是一下子就能做到。說能立刻做到都是騙人的。我一直放不下妳。老實說，光是阻止自己尋死就已費盡全力。

即使如此，我也不能一蹶不振。我如此勸告自己，非得振作起來不可。雖然這事很困難，但我不認為這是做不到的事。活著只是很難，但不至於做不到。

我慢慢地開始復健，努力讓自己回歸日常生活，有時找香山出去玩，有時和家人一起出門。那陣子我也經常去見妳的父母，大家都努力地重新站起來。

我不知道自己該做什麼，去找妳父親商量後，他說既然如此就專心讀書吧，而我也忠實地實踐這項建議。妳活著的時候，我完全沒在讀書，所以成績退步不少，要重新跟上進度挺辛苦的。但是這世上還有更辛苦的事，光是知道這一點，我就能為眼前的事奮鬥下去。其實不努力也無所謂，但是以我的情況來說，想要重新站起來就必須努力。

就這樣，我漸漸恢復了。

我的成績也開始進步。我說我想去上補習班，媽媽聽了有些訝異，像個蠢蛋似的。香山說，我去當醫生也不錯。我因為妳死了就想當醫生，這種想法是不是太單純了點？不過，我還是決定要這麼做。

我想，就算妳死了，我還是可以幫助別人，或許也能幫助自己。

後來我考上醫學院。看起來好像是輕輕鬆鬆就考上，但其實並非如此。我不是很聰明的人，所以壓力大到快要吐了。如果沒有考上該怎麼辦？我每天都在想像那種悲慘的未來，幾乎被壓垮。

決定要念醫學院之後，我就沒辦法考慮其他的生活方式了。這話說起來很奇怪，不過對我來說，當不當醫生會讓我的人生變得截然不同。我覺得，如果當不了醫生，我的人生就什麼都沒有。事實或許不是這樣，但我就是這麼認定的，所以也沒辦法，只能拚命用功讀書，就因為這樣，我總算是勉強考上了。

考上的時候，我非常開心，覺得自己真正的人生從現在才要開始。感覺我過去的人生和將來的人生是完全不一樣的東西。

此外，我也稍微放心了一點。

如果我成為醫生，就可以不用忘記妳，可以一直記得妳。

如果我選擇其他職業，說不定有一天會忘記妳。

但若成為醫生，我會一直想起妳的事。

所以我很高興。

事實上，我現在依然沒有忘記妳。每次去醫院，我都會想起妳。

一想到自己有想從事的職業，我對自己的人生就變得更認真，也曾有好幾次心中充滿了像傻瓜一樣奮勇向前的心情。或許妳會笑我吧，但我真的覺得能當醫生很幸福。財富和地位這些東西根本不重要，我真的一點都不在乎。我一想到自己心中有一種類似使命感的東西，能夠一輩子為這個目標犧牲奉獻，就覺得幸福得不得了，連走在路上都會忍不住笑出來。

但是幸福之後，又有另一種離奇的感覺出現在心中，讓我偶爾會很想哭。因為妳還在的時候，我一直都很悲傷。說得更清楚一點，當時我相信自己的人生和世界都是很悲慘、很糟糕的，甚至期望世界立刻毀滅。

說是這樣說，如今我眼前卻出現光明燦爛的未來，這令我不由得對活著這件事感到有些愧疚。我心想，如果能和妳共享這份喜悅不知該有多好。如果妳在我身邊，一定也會為我高興。我很想向妳報告，但是妳已不在了。

我完成了學業，開始去大學醫院當醫生。我並非只負責照顧發光病的病人。這時我開始思考，自己的人生是不是太過簡單？我遇到各式各樣的病人，有人對我破口大罵，更嚴重的是，也有人死了。每當有病人過世，我就會變得很消沉，思索是不是自己害的。有時就算用盡各種手段，人還是會死。這是理所當然的，但這個再正常不過的事實卻讓我覺得很沉重。開始工作的前幾個月，我一直睡不好。我的感想是，這條人生的道路比我想像的更難走。在我工作的地方總會不斷地有人死去。

看到有人死去，我晚上就會睡不著，這種時候我通常會開車去海邊，一個人看著海浪起伏直到天亮。我就是這樣一直呆呆望著白色的泡沫在海陸的邊境翻騰，什麼事都做不了。在電影裡，會做這種事情的通常是想要尋死的人吧。

我在海邊經常幻想。

幻想自己見到了已死的妳。

我認真地想像著妳，踩在沙灘上，朝大海走去。水面漸漸逼近我，但我仍然沒有停下腳步。我泡進水裡時，妳透明的身影浮上來抱住了我，我也抱住妳，然後我們兩人一起沉入黑暗的海底。融在水裡時的感覺，舒服得令我腦袋麻痺。我想像著這些事，藉此安慰自己，然後想著「好，我還能繼續努力」，再次回歸到日常生活中。

之後我的年齡漸漸增長，不知不覺就到了三十一歲。在遇見妳之前，我沒有想像過自己活到這個年紀——更正確的說法應該是在妳死去之前。

這種說法或許很不敬，但我覺得妳一定可以理解，所以還是說吧——

我覺得，妳的死不斷帶給我生命力。

對我來說，這是毫無遮掩的事實。

我是因為想著妳的死，才會覺得非得努力不可。
所以我活到現在了。
很悲傷的是，我今後也會繼續活下去。
明天也要工作。長大以後，我的人生就是不斷工作。
我常常會覺得不知該如何是好，不順利的情況也很多。直到現在，我還是常常對自己還活著這件事感到內疚。
我一點都不勇敢。
腦袋裡裝滿喪氣話，每天都想要逃走。
但是因為有妳，所以我沒問題的。

對了，沒想到我現在還是一個人呢。
雖然是一個人，卻不是一個人，所以我還能堅強地活下去，還能撐下去。我一併品味著無可奈何的事、痛苦的事，以及淡淡的幸福，不顧一切地活下去。
今後一定還是能活下去，直到死去的那一天。
這都是多虧了妳。

我現在還是喜歡妳。

我會一直想起妳。或許有點噁心，但這是真的。

我覺得很久沒有像這樣跟妳說話了。

總有一天我也會面臨死亡，或許是很久的將來，也有可能意外地快。

到那時候，我一定會比現在更濃烈地想起妳。

到了明天，妳的身影會漸漸淡化，我會在忙碌的生活中專注於眼前的事。因為我是個軟弱的人，一定還是會經常迷失自我，或是卡在更基本的地方，不知道自己該怎麼活下去。

到時候，我應該還是會像今天一樣跑來海邊。

總之我過得很好。

今後也請多多指教。

再見了。

後記

這次寫得非常辛苦。

我的寫作速度本來就不快，這次的行程又排得太緊，我還以為會死呢，還好最後沒有死。

這本書寫的是《妳在月夜裡閃耀光輝》各個人物的短篇故事，除了以前在雜誌上刊登的作品之外，還增加了兩篇新寫的作品。

《妳在月夜裡閃耀光輝》要改編成電影了，導演是月川翔，由永野芽郁小姐和北村匠海先生主演，預定於二〇一九年三月十五日在日本全國上映。月川導演親自修改了劇本，真誠的態度和內容令我非常感動。電影表現出和原作不同的風味，我也非常期待能看到電影。

從我一個人寫這個故事開始，到現在已經走了很長一段路。《妳在月夜裡閃耀光輝》真是一部幸運的作品，能和 loundraw 老師的美麗插畫一起受到大家喜愛，又被改編成電影及漫畫，還和 loundraw 老師的畫冊合作出版。

正在《達文西》月刊連載的漫畫版上冊會在二〇一九年二月二十二日發售（註1）。負責改編漫畫的是マツセダイチ老師。他是我在《為這個世界獻上i》後記中提過、成為漫畫家的舊友，因此要稱呼他為老師還真不好意思。在寫那篇後記的時候，我沒有想過夢想真的會成為現實。因為有很多人幫助，我才得以和マツセ一起工作。原稿的每一個角落都充滿他的感情，成為極富他個人風格的作品。我從他出道之前、從學生時代就開始看他畫的漫畫，所以現在每個月看到他精彩的原稿時都很感慨。我真的很高興，請大家一定要去看看他繪製的漫畫版。

loundraw 老師的畫冊《寫給黎明前的妳 featuring 妳在月夜裡閃耀光輝》會在二〇一九年二月二十八日發售（註2）。這是在 loundraw 老師個人展覽「寫給黎明前的妳」發售的畫冊，與其他新稿集結而成的最新畫冊。如同書名所示，這是和《妳在月夜裡閃耀光輝》合作推出的，內容除了有很多《妳在月夜裡閃耀光輝》的插畫以外，還收錄了我和 loundraw 老師的對談，以及《妳在月夜裡閃耀光輝》的衍生短篇。《妳在月夜裡閃耀光輝》能和 loundraw 老師的完美插畫一起成長至今，真的是非常榮幸。loundraw 老師的作品在每個細節都經過精心設計，同時又有非常感性的地方，在畫冊之中會有更詳細的講解。

這本續集的封面插畫也非常漂亮，雖是延續了上一集封面的風格，但天空和光線的色彩卻是前所未有的感覺，非常迷人。香山很有香山的風格，真水也很可愛，卓也捲起制服袖子的方式比香山隨便多了，這點也很不錯。看到 loundraw 老師持續進化的作品，讓我真心覺得自己也非得更加認真不可。

就像這樣，有這麼多跟《妳在月夜裡閃耀光輝》有關的事情，但這本書的截稿日期無論如何、就算天崩地裂、就算明天地球就要毀滅、就算要死了也不會改變，所以我完全不意外地被搞得半死。我隱隱約約覺得說不定會死，果不其然真的丟了半條命。我是一個人住，每隔幾天就會兩眼無神地走到附近的便利商店，變成一個沒有仔細看就隨便抓起冷凍食品丟進籃子裡的怪人。寫到很倦怠時會在半夜出去散步，像個危險人物一樣口中念念有詞地四處徘徊。更倦怠的時候會在房間裡對著牆壁倒立，不

註1：後記提及的出版時間均為日版資訊。台版漫畫於二〇一九年九月出版。
註2：台灣版畫冊在二〇一九年九月和本書同步出版。

然就是突然發出怪叫跳起舞，在地板上不停滾來滾去。寫不出來、沒女人緣、寫不出來、毫無魅力、寫不出來……在這種陰沉生活中寫出來的短篇集怎麼樣啊？如果能讓大家讀得開心就太好了——雖然我想這樣說，但《妳在月夜裡閃耀光輝》並不是一個輕鬆愉快的故事，這次的短篇集也並非充滿快樂的故事。

回頭看看，出道兩年來，我每天都不斷在實現夢想。接受《達文西》月刊訪問、和マツセ一起工作、作品改編為真人電影、和導演對談……我嚮往過的事情以驚人的速度不斷在實現，這反而讓我有點害怕。此外，在短篇集的後記裡自己寫一些像推薦文一樣的解說也是我一個小小的夢想，現在可以實現了。因此，下面就要來稍微談談各篇故事。

〈若能與妳……〉是為了刊登在《電擊文庫 MAGAZINE》上，替《妳在月夜裡閃耀光輝》廣告而寫的極短篇。因為規定的版面和字數都很少，我還記得當時寫得很辛苦，頻繁換行和每行字數很少都是因為這些限制。雖然寫得很辛苦，但我非常喜歡這則短篇，自己覺得寫得很不錯。卓也說不定就是這樣一點一滴地接受真水的死吧。

〈直到我哪天死去之前的生活〉是刊登在《電擊文庫 MAGAZINE》別冊附錄的作

品。這是我出道以來第一次寫的短篇。因為是用真水的視角來敘述，用第一人稱的筆法來描寫女性心情非常不容易。我心想，真不想寫出缺乏真實性的獨白。雖然不知道算不算寫得好，但當時我真的是用盡全力來寫。此外，我想我快要死的時候一定也沒辦法再看新書吧。

〈初戀的亡靈〉也是刊登於同一本雜誌的短篇，但原來的標題是〈我的初戀亡靈〉，要收進這本短篇集的時候才刪除了「我的」，這是為了和其他短篇統一風格。我覺得自己應該也有「初戀的亡靈」。香山在高中時代似乎比上大學後更多情呢。在寫這篇作品時，我覺得沒想到他也有很多煩惱。

〈渡良瀨真水的黑歷史筆記〉也是刊登於同一本雜誌的短篇。這是比較歡樂的故事，其實本來是《妳在月夜裡閃耀光輝》本傳初稿裡的一幕。我在寫長篇小說的時候會花很多時間修改，所以有很多篇章都被刪掉了。我在刪除的眾多篇章中撿回了這個章節，改寫成短篇。因為這是寫得很努力卻又狠心捨棄的篇章，所以我一直很希望有機會公開。就算是自己很喜歡的章節，只要覺得不對，我就寧可捨棄不用。就是像這樣花了很多時間重寫，書才會出得這麼慢。因為這次截稿期限還滿緊的，有庫存可用真是讓我鬆一口氣。

〈侑李與聲〉是為了這本短篇集新寫的作品，在本書中是篇幅最長也是寫得最辛苦的一篇。仔細想想，個性和我這個作者差距最大的角色就是香山，所以被要求寫香山的故事讓我非常頭痛，因為香山是不描述內心世界才會顯得有魅力的類型。我雖然煩惱，但還是努力地一面摸索一面前進。我最怕的就是把香山寫成一個溫吞敷衍的傢伙，所以做了不少嘗試，像是多加些殺氣，或是表現出堅硬冷漠的氣質。尤其他不是話很多的人，所以初稿裡有很多獨白後來都刪掉了。出現在這篇故事裡的侑李和聲是香山從未接觸過的類型，因此他在這篇故事裡一直很困惑。這篇作品也描寫出他那麻煩卻又常見的愚昧之類的東西。像香山這種人也是會有的吧。香山和岡田感覺好像變得有些疏遠，但現實或許就是這樣。即使如此，這兩人長大成人之後至少還是會幾年見一次面吧，我毫無理由地這麼想著。

〈擁抱大海〉是新寫的短篇，也是本書最後一篇故事。標題是從坂口安吾〈我想擁抱大海〉而來的。這篇故事也寫得很辛苦，因為時間實在太少，我一直擔心地想這次真的不行了，真的寫不出來了，無論怎麼寫都沒辦法讓自己滿意。正在不知所措的時候，突然有什麼東西飛進腦袋，最後我把之前寫的東西全部捨棄，從頭開始重新寫起。其實我本來不是打算這樣寫，但是有一種連我自己都無法控制的力量讓我寫出這篇小說。這在我身上是很罕見的事，或許這是我從出生以來第一次一口氣寫完、直接交出去的作品，真的幾乎沒有改過。能夠寫出這篇故事真是太好了。

以上就是我自行對作品所做的介紹。我又實現了一個夢想。

能如此迅速地實現這麼多夢想，全都是拜喜愛《妳在月夜裡閃耀光輝》的各位讀者所賜。說得這麼直白真是不好意思，但我真的一直對各位讀者懷著感恩的心。

能當上小說家真是太好了，可以從早到晚寫小說、只想著小說生活也讓我開心無比。在每天的勞苦辛酸之中，我偶爾也會忘了這份喜悅，覺得一切都變得很討厭，所以，我想要趁著此時寫在這裡。

我能以小說家的身分過活，都是來自於每一位讀者給予的力量。

由衷地感謝你們。

真的很感謝你們讀了我的小說。

總有一天我也會面臨死亡。

直到那天為止，我想要寫下很多書，在死後留下這些作品。

這是我第四本書，第四次後記。

我不會忘記當初那份珍貴的衝勁，今後也會繼續努力。

佐野徹夜

國家圖書館出版品預行編目資料

妳在月夜裡閃耀光輝．散篇 / 佐野徹夜作；HANA
譯．-- 初版．-- 臺北市：臺灣角川，2019.09
　面；　公分．--（角川輕．文學）

譯自：君は月夜に光り輝く +Fragments
ISBN 978-957-743-258-2(平裝)

861.57　　　　　　　　　　　108012237

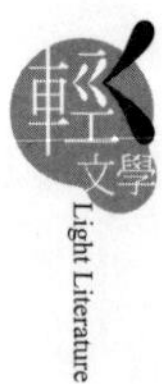

妳在月夜裡閃耀光輝 散篇

原著名＊君は月夜に光り輝く ＋ Fragments

作　　者＊佐野徹夜
插　　畫＊loundraw
譯　　者＊HANA

2019 年 9 月 25 日　初版第 1 刷發行
2023 年 2 月 3 日　初版第 4 刷發行

發 行 人＊岩崎剛人
總　　監＊呂慧君
總 編 輯＊蔡佩芬
主　　編＊李維莉
美術設計＊邱靖婷
印　　務＊李明修（主任）、張加恩（主任）、張凱棋

台灣角川

發 行 所＊台灣角川股份有限公司
地　　址＊104 台北市中山區松江路 223 號 3 樓
電　　話＊（02）2515-3000
傳　　真＊（02）2515-0033
網　　址＊www.kadokawa.com.tw
劃撥帳戶＊台灣角川股份有限公司
劃撥帳號＊19487412
法律顧問＊有澤法律事務所
製　　版＊尚騰印刷事業有限公司
I S B N＊978-957-743-258-2